나리타 료고

일러스트 / **모리이 시즈키**
원작 / TYPE-MOON
옮긴이 / 정대식

Fate strange Fake

페이트/스트레인지 페이크

Fate strange Fake

페이트/스트레인지 페이크

CONTENTS

Fate strange Fake

페이트/스트레인지 페이크

나리타 료고
일러스트 / **모리이 시즈키**
원작 / TYPE-MOON
옮긴이 / **정대식**

학산문화사

Fate/strange Fake 4

ⓒRYOHGO NARITA / TYPE-MOON 2017
Edited by ASCII MEDIA WORKS
First published in 2017 by KADOKAWA CORPORATION, Tokyo.
Korean translation rights arranged with KADOKAWA CORPORATION, Tokyo, through KCC.

포기하자, 포기하자고.

여보, 저 아이는 더 이상 우리가 감당할 수가 없어.

저 아이는 우리 일족의 마술을 발전시켜 주지 않을 거야. 전부 부수기나 할 거라고!

2000년 가까이 이어져 왔지만 그뿐이라며 시계탑에서 야유받아 온 끝에 태어난 게 저 아이라고? 확실히 시계탑은 손바닥을 뒤집듯 태도를 바꾸어 반색할지도 몰라. 하지만 그 손으로 짓뭉개 버릴 게 뻔해. 그래도 분명 저 아이만은 살아남겠지.

있지, 어째서 저런 애가 태어난 걸까?

정말로 저 애가 우리의… 아니, 그래. 미안해.

가능한 모든 방법으로 검증을 했었지. 과학적으로나 마술적으로나 저 아이는 우리 둘 사이에서 태어난 아이가 틀림없다는 게 증명되었어…. 그건 나도 알아.

하지만 그래도 나는 믿기지가 않아!

현대에 아직 요정이 남아 있어서 체인질링*에 휘말려 들었다고 하는 편이 납득이 될 것 같아.

당신도 알잖아?

우리 일족이 300년 전에 착수했다가 결과적으로 '불가능하

※체인질링(Changeling) : 유럽의 전승으로 사람의 아이가 슬그머니 사라지고 페어리, 엘프, 트롤 등이 그 자리를 차지하는 것.

다'고 판단되어 사장했던 그 연구를, 저 아이는 불과 여덟 살에 완성시켰다고! 언어화도 재현성도 확보하지 않은 채, 저 아이가 감각적으로 주물럭거렸을 뿐인데! …그래, 맞아. 재현성이 없으면 완성되었다고는 할 수 없지…. 알아, 안다고, 여보. 하지만, 그래도.

나는 무서워. 저 아이가 무서워.

저 아이가 우수한 마술사였다면 나도 당신도 자랑스럽게 여겼을 거야.

하지만 아냐, 아니라고.

나도 처음에는 저 아이는 희생을 치르지 않으려 하는, 마술사에게 불필요한 다정함을 지닌 결함품이라고 생각했어. 하지만 저건 결함품조차 아니야. 마술사와는 아예 **용도가 달라**. 망원경인 줄 알았던 통이 대포의 포신이었던 것과 같은 격이지. 다른 무언가. 아예 다른 무언가야.

그래서 있지, 여보. 나는 이렇게 생각해. 저 아이를 끝장내는 게 우리에게 주어진 마술사로서의 사명이 아닐까? 에스카르도스 가문의 마술의 종착점은 저 아이를 끝장내는 것이 아닐까?

있지, 여보.

각오를 할 때가 온 거야.

저 아이는 우리의 아이 같은 게 아냐.

어디 딴 세계에서 숨어든, 아무도 아닌, 그 누구도 아닌, 한 낱 현상이야.

우리는 그냥, 그걸 아들이라 착각하고 이름을 붙인 것뿐이 고….

플랫이라는 아이는 애초부터 없었어.

의미를 알 수 없는 낙서가 그려진, 그저 평탄한―플랫한 선 이었다고…. 내 말 맞지?

×　　　×

플랫 에스카르도스.

그의 존재와 그 '특이성'을 안 순간, 신기하게도 두 남자가 완 전히 같은 감상을 입에 담았다.

한 사람은 재계의 마왕이라 불리는 과거의 마술사.

한 사람은 보석으로 장식된 만화경의 하늘을 정복한 마법사.

각각 시간과 장소가 달랐음에도 불구하고 그들은 같은 말로 소년 본인이 아닌 그 조상들을 칭찬했다.

『그래. 드디어 **이루어졌나.**』

『자손―미래에조차 잊힌, 에스카르도스 가문 1800년 대망― 과거가.』

Fate strange Fake

간장(間章)

『일상의 피막』

[이어서 일기예보입니다. 라스베이거스 서부에 발생한 저기압은ㅡ]

TV는 평소와 같은 정보만을 토해 냈다.

도시 사람들은 그런 향후 날씨에 관한 소식을 보고 일희일우하며 저마다 일을 하러 갔다.

스노필드는 아직 혼란 상태에 빠지지 않았다.

마술사들이며 미군의 비공식 부대, 혹은 성당교회의 요원 등이 얽히고설켜 열셋의 영령들이 모인 순간부터 시작된 '제한시간 7일'의 성배전쟁.

그 2일차 아침을 맞은 그들은 아직 세계가 선사한 평온함을 향유하고 있었다.

하지만 불협화음은 이미 명확한 모양새로 나타나고 있었다.

사막지대에서 일어난 가스 파이프라인 폭발 사고.

동물병원으로 차례차례 밀려드는 의문의 병에 걸린 애완동물들.

가족들의 손에 병원 정신과로 끌려온 '도시에서 나가고 싶지 않다'고 호소하는 자들.

오랜 역사를 자랑하는 오페라하우스의 붕괴.

구류되어 있던 범죄자의 탈환을 목적으로 한 것으로 보이는 경찰서 테러 행위.

그에 인접한 호텔에 미친 여파.

그리고 도시 북부에서 중앙부에 위치한 고층 빌딩, 크리스털 힐까지를 가로지른 의문의 돌풍.

온갖 사건들이 도시 안에서 일어났지만, 직접 그것들을 조우한 적이 없는 자들에게 그것은 아직 지금까지 이어져 온 일상을 붕괴시킬 만한 사건은 아니었다.

지금까지의 생활을 통해 쌓아 올려 온 '상식'은 때로 그들의 감각을 마비시키곤 했다.

혼란 상태에 빠지기 직전에 그 상식은 얇은 피막이 되어 일상을 뒤덮어, 사람들로 하여금 다가오는 광란의 불씨를 아슬아슬하게 보지 못하게 했다.

어쩌면 대부분의 사람들은 이미 알아챘음에도 그 피막에 에워싸여 있다는 허울 좋은 안도감에 매달리려 했던 것일지도 모른다.

아직.

　　아직 괜찮다.

　　　　아직 파괴되지 않았다.

　　　　　　아직 도시는 파괴되지 않았다.

　　　　　　　　―분명 곧 일상이 돌아올 것이다.

아무런 보증도 없는 '그랬으면' 하는 바람이 차곡차곡 쌓여 피막 안을 가득 메우기 시작했다.

그런 상태이기에 '왠지 모르게, 기분상' 같은 수준으로 위화감을 알아챈 사람들은 불안함이 아니라 행복감을 느끼고 있었다.

자신은 아직 충족된 공간에 있다며.

자신은 아직 정상과 비정상을 구분하는 경계선 안쪽에 있다며.

이는 스노필드 사람들이 유달리 낙천적이기 때문이 아니었다.

거짓된 성배전쟁을 위해 80년에 걸쳐 만들어진 도시 이곳저곳에는 암시를 유발하는 요소들이 은밀하게 새겨져 있었다.

공공시설이며 도로의 배치 상태, 거리의 간판이며 가로수 등. 하나하나는 어지간한 마술사가 보아도 단순한 기호로밖에 보이지 않을 마술. 혹은 특정한 심리효과를 유발하는 과학적 영역의 배색 등, 여러 가지 요소가 중첩되었을 때 비로소 발동하는, 또는 주민들의 몸에 배어드는 암시가.

마술과 마술이 아닌 것, 쌍방을 조합해야 발생되는 그 암시를 정확히 계측하려면, 우수한 관측기술을 지닌 마술사나 로드 엘멜로이 2세와 같이 '만물이 지닌 단서를 조합해 내는' 기능을 지닌 자들을 모아들일 필요가 있었다.

그렇기에 오늘날까지 '흑막들'은 이 일을 은폐할 수 있었던 것이다.

지나가던 마술사들에게도, 도시의 급격한 발전에 의구심을 품은 사회학자들에게도, 실제로 그곳에 보금자리를 두고 삶을 영위하는 주민들에게도.

이 스노필드라는 도시에는 이러한 사태를 상정하여 어느 정도까지의 혼란 사태를 방지하기 위한 거대하고도 애매한 암시가 걸려 있다는 사실을.

그렇기에 수많은 동물들이 병에 걸려 쓰러져도 '그것이 인간에게 감염될지도 모른다'는 의구심과 광란은 최소한의 반응으로 억제되고 있는 것이다.

그리고 역시나 주민들은 아무것도 알지 못한 채 2일차 아침을 맞았다.

그들 자신이—

혹은 이 도시 그 자체가, 거짓된 성배에게 바치는 장대한 산 제물이라는 것조차 알지 못한 채.

하지만 암시는 암시에 불과하다.

암시가 부여한 '안도감'이라는 피막도 계속 부풀어 오르면 언젠가는 한계를 맞이할 것이다.

흑막들은 그래도 상관이 없었다.

그 '암시의 피막'이 찢어질 만한 사태가 벌어지고 나면 평범한 주민들의 힘으로는 아무런 저항도 할 수 없으리라 추측하기도 했거니와, 흑막들 중에서도 마술을 은폐하고 싶어 하는 이들은 서서히 소란이 커지기보다는 순식간에 폭죽처럼 터졌다가 수그러드는 편이 나을 거라 생각했기 때문이었다.

다시 말해, 도시 주민들은 혼란 상태에 빠질 겨를조차도 없을 것이다.

TV에서 흘러나오는 정보를 들으며 그 사실을 다시금 확인한 경찰서장—올란도 리브는 씁쓸하게 눈살을 구기며 혼잣말을 했다.

"…마술사다운 마술사란, 비리를 저지르느라 여념이 없는 악덕 정치인과 다를 게 없군."

서장은 그렇게 말하며 자신은 어떠한가를 생각해 보았다.

비리 사실이 표면화되지 않는 한, 대중들은 악덕 정치인과 우량한 정치인을 구분해 내기 어렵다.

그렇다면 애초부터 대중의 눈에 비치지도 않는 마술사들은 아예 하나로 묶는 수밖에 없을 것이다.

예외도 있겠지만 일반인이 보기에 마술사라는 작자들은 모두 **악마**이리라.

자신도 결코 '예외'가 아님을 자각하며, 올란도는 서장실에 비치된 TV에서 흘러나오는 목소리를 계속해서 들었다.

스노필드를 중심으로 활동하는 지방 케이블 TV 방송국의 보도방송.

다음 전투를 앞둔 짧은 틈에 경찰서장이기도 한 흑막 측 마술사는 조용히 흘러나오는 보도에 귀를 기울였다.

언젠가는 파탄을 맞을 아나운서의 평온한 목소리를 아쉬워하듯이.

[다음 뉴스입니다. 스노필드 남부에서 있었던 가스 폭발이 환경에 미칠 영향은—]

10장
『2일차.
저마다의 아침, 저마다의 과거 I』

정신이 들어 보니 아야카 사조의 의식은 아득한 풍경 속에 있었다.

희한한 것이 굴러다니고 있지는 않았지만 멀리 숲이 보이는 평원을 달리고 있었다.

아무래도 자신은 말을 타고 있는지, 갑옷을 걸친 손이 고삐를 쥐고 있는 것이 보였다.

—……?

—꿈?

고삐를 쥔 손이 자신의 것이 아님을 알아챈 직후, 몸을 자유롭게 움직일 수 없다는 사실을 깨달았다.

하지만 시야는 어지러우리만치 빨리 움직여서, 자신이 어느 누군가의 시점을 공유하고 있는 것이 아닐까 하는 추측에 도달했다.

꿈이라면 그럴 수도 있으리라.

아야카는 그렇게 생각하려 했지만 그런 것치고는 이상하게도 생생한 꿈이었다.

"리처드. 이봐, 리처드!"

누군가를 부르는 소리가 들리더니 시야가 빙글 이동했다.

등 뒤에는 갑옷을 걸친 십여 명의 남자들이 말에 걸터앉아 있었고, 그중 한 명이 이쪽이 탄 말에 접근해 왔다.

말이 걸음을 멈추자 갑옷 차림의 젊은이가 말했다.

"리처드, 가자고 해서 따라오기는 했지만 설마 진짜로 찾을 셈이야? 아서왕의 유산이라는 걸."

남자가 묻자 리처드라 불린 자신이 답했다.

아야카는 아무 말도 하지 않았건만 자신의 입에서 말이 흘러나오는 통에 기묘한 감각을 맛볼 수밖에 없었다.

『당연하지. 어떻게 손에 넣은 단서인데.』

"술 취한 음유시인의 헛소리잖아?"

『그래서 단서라는 거야. 음유시인이 맨 정신에 자아내는 노래의 깊숙한 부분에는 진실이 교묘하게 숨어 있어. 하지만 난 그런 걸 해석하는 게 젬병이지. 제정신이 아닐 때 그들이 입에 담는 이야기 속 진실 쪽이 훨씬 알아듣기 쉬워.』

말도 안 되는 논리다.

자신의 입에서 그런 엉터리 같은 소리가 흘러나오고 있다는 사실에 아야카는 어이가 없었지만, 그러한 말들을 통해 그녀는 완전히 이해했다.

─아아, 이건….

─리처드라 부르는 걸 보니 나는… 세이버가 된 걸까?

그제야 사태를 이해한 아야카는 참으로 기묘한 꿈이 다 있다는 생각에 한숨을 내뱉고 싶었다.

하지만 그런 그녀의 감정은 아랑곳 않고, 대화는 담담하게 이어졌다.

"아서왕과 연관된 물건이 있다고 했을 뿐이지, 구체적으로 뭐가 있는지도 모르잖아? 우리는 한가한 신세니 상관없지만 왕족인 네가 그렇게까지 해서 손에 넣고 싶은 게 대체 뭐기에?"

『뭐든 상관없어.』

"뭐?"

『엑스칼리버라면 최고겠지만 칼리번이든 롱고미니아드든, 마묘魔猫 퇴치에 사용했다는 방패든 상관없다고. 언제고 아발론의 입구를 찾아내서 위대한 시조왕 본인이나 마술사 공의 모습을 잠시라도 볼 수 있다면, 그것만으로 나는 내가 태어난 이유를 납득할 수 있을 테니까.』

리처드인 듯한 남자가 천진난만한 목소리로 말하자 옆에 선 젊은이가 쓴웃음을 지었다.

"전승이 사실이라면 엑스칼리버는 호수의 처녀 — 비비안의 품에 안긴 채 호수 바닥에 있을 것 아냐?"

『그럼 호수의 처녀를 찾아서 친해지면 그만이지. 그 펠레아스 경은 호수의 처녀 한 사람과 서약을 맺어 캄란 전투에서도 살아남았다잖아?』

"원탁의 일원으로조차 헤아려지지 않는 열등 기사잖아? 잘 도망쳐 다닌 것뿐이겠지. 애초에 정말로 있는지 어떤지도 알 수 없는 영웅의 유산을 찾는 건 왕족인 네가 직접 할 일이 아니라고."

『위대한 전설을 동경하는 일에 귀천이 어디 있어?』

그런 어린애 같은 소리나 해댔다.

—어째서일까.

—어쩐지 평소의 그 녀석보다 어린애 같은 느낌이 드는데.

왕족이라는 말을 입에 담기는 했지만 주변 사람들의 태도는 신하라기보다는 가까운 친구를 대할 때의 그것이었다.

그리고 리처드는 그런 것은 조금도 개의치 않고 말했다.

『만약 아서왕의 보물이 발견되면, 그 수많은 전설들이 모두 진실이었다는 게 돼. 그 환상적인 모험담이 우리가 서 있는 대지 위에서 실제로 있었던 일이라는 걸 증명할 수 있다고! 우리는 그 기사왕들이 내달렸던 대지를 이어받아 살고 있는 거라고! 그 사실만 증명된다면 나는 내 운명을 모두 받아들일 수 있을 거야!』

"실재하지 않으면 못 받아들이겠다는 거냐? 여전히 엉뚱한 소리만 하는구나, 넌."

친구는 어이없다는 듯 말 위에서 어깨를 으쓱하며 말을 이었다.

"그럼 어쩔까? 이왕 나선 김에 우리끼리 성배라도 찾아볼까?"

『그건 헛걸음으로 끝날지도 모르는데?』

"어째서? 엑스칼리버나 롱고미니아드랑 뭐가 다른데?"

『크레티앵 선생님이 전에 나한테 그랬거든. 성배는 바란다고 손에 넣을 수 있는 물건이 아니라고. 성배가 소유자를 부르는 거라고. 성배를 추구했던 원탁의 기사들은 성배라는 운명의 흐름에 부름을 받지 못했기에 도달하지 못한 거라고. 그러니 나는 내 쪽에서는 성배를 바라지 않겠어. 분명 내가 기사의 영광을 계속해서 추구하다 보면 뭔가 마땅한 이유가 찾아오겠지.』

리처드는 진지한 태도로 동화에나 나올 법한 이야기를 했다.

그 이야기에 나온 고유명사를 들은, 친구로 보이는 남자가 의미심장한 투로 말했다.

"크레티앵이라. 듣자 하니 과거를 들여다보는 드루이드가 영락한 이라던데."

『그래, 확실히 그와 버스 같은 일부 시인은 그 기사왕과 원탁의 이야기를 꼭 직접 보고 온 듯 생생하게, 그리고 어쩐지 그리워하듯 노래하지. 1000년을 산 요정이라 해도 난 안 놀랄 거야.』

"뭐, 그건 아무래도 좋아. 결국 아서왕의 유물에 대한 단서는 크레티앵이 아니라 거리 술집에 있던 이름도 모를 주정뱅이 시인이 주절댄 말에서 얻어 낸 거잖아. 그런 헛소리를 진심으로 믿는 네 속을 모르겠다."

『어떤 단서든 상관없어. 아직 나는 왕이 아니야. 시간이 있을 때 진정한 기사왕의 발자취를 배워 두는 것도 중요한 일이잖아?』

　아야카의 시점에서는 보이지 않았지만 아마도 리처드는 눈을 빛내고 있을 것이다.

　어린애 같은 표정이 눈에 선하다는 생각을 하며 아야카도 그런 리처드의 눈을 따라 평원으로 시선을 돌린 찰나—

　기묘한 것이 보였다.

　"시간이 있을 때라니, 넌 지금도 거의 아키텐 영주나 다름… 음? 왜 그래, 리처드?"

『…뭔가가, 오고 있어.』

　그것은 평원에 존재하는 하나의 점이었다.

　하지만 서서히 그 점의 후방으로 흙먼지가 피어오르기 시작해, '그것'이 이쪽을 향해 달려오고 있음을 알 수 있었다.

　처음에는 황야를 질주하는 말인가 싶었지만 크기가 달랐다.

　이윽고 그것이 낸 것으로 추정되는 굉음이 이쪽에까지 전해져 와서 주변에 있던 기사들이 허둥대기 시작했다.

　"뭐야, 저게. 커다란 멧돼지인가?!"

　"마차…? 아니, 말이 없어…. 처음 보는 물건인데… 다리가 달리기는 한 건가? 어떻게 달리고 있는 거지?! 짐승이라 해도 저런 울음소리는 들어 본 적이 없어!"

　"이봐, 이쪽으로 오고 있어!"

　"뭐가 저렇게 빨라! 도망쳐, 리처드!"

주변 사람들이 말고삐를 쥐기 시작한 가운데 리처드의 차분한 목소리가 들려왔다.

『재미있는걸…. 어쩌면 투루흐트뤼스의 후예일지도 몰라.』

―또 모르는 단어가 나왔어.

하지만 아야카는 그다지 불안하지는 않았다.

리처드의 목소리에 여유가 있었기 때문이기도 했지만―

이쪽으로 다가오고 있는 물체는 아야카가 아는 것이었기 때문이다.

그녀가 알고 있는 현대의 것과는 다소 형태가 다른 그것은 리처드와 가까워지자 속도를 줄이기 시작했다.

그리고 짐승의 포효 같은 폭음을 몇 번이나 주변에 퍼뜨린 후, 리처드로부터 몇 미터 떨어진 곳에서 완전히 움직임을 멈췄다.

"뭐지…. 이게?"

여차하면 리처드와 '그것' 사이에 끼어들 셈이었으리라.

끝까지 곁에 남아 있던 남자는 의아하다는 눈으로 '그것'을 쳐다보았다.

"…철로 된 마차…?"

『그런 것치고는 바퀴가 두꺼운데. 저 검은 건 뭐지? 일종의 가죽인가?』

리처드의 호기심 가득한 목소리를 듣고서야 아야카는 문득 깨달았다.

　―아아, 그렇구나.

　―이건 리처드가 살아 있던 시대…인 걸까?

　그렇게 생각하면 리처드 일행이 기묘한 대화를 나누고 있는 이 상황도 이해가 되었다.

　그와 동시에 아야카는 역시 꿈을 꾸고 있는 거였구나, 라고 생각했다.

　―정말 이상한 꿈이야.

　―다들 일본어로 말하고 있잖아.

　만약 정말로 이곳이 과거의 세계라면 있을 리가 없는 물건이 눈앞에 있었기 때문이다.

　본체를 스팀펑크 스타일의 톱니바퀴며 고딕풍의 사슬 등으로 덕지덕지 장식한, 좌우간 요란하고 울툭불툭한 형상의 '그것'이 리처드 일행의 앞에 멈춰 섰다.

　아야카는 그것을 무엇이라 부르는지 알았다.

　―자동차.

　―…아니, 개조차라고 해야 하려나.

　액션 영화에나 나올 법한 그 자동차 앞에서 아야카는 '이런 꿈을 꾸다니, 내 정신상태도 엉망인가 보네.'라고 생각했다.

─뭐, 사막을 넘어 스노필드에 오자마자 기사인지 임금님인지 하는 녀석한테 휘말려 든 탓에 여러 시대가 뒤섞여 버린 게 아닐까….

그렇게 생각하는 아야카의 시야 속에서 상황이 움직이기 시작했다.

텅, 텅. 자동차 문 안쪽에서 몇 번인가 타격음이 나기 시작하자 주변에 있던 기사들이 검을 뽑아 들고 경계하며 그 주변을 둘러쌌다.

다음 순간, 어지간히 뻑뻑한 듯한 문을 걷어차 열며─한 남자가 안쪽에서 모습을 드러냈다.

그러자 그 '자동차'의 창문이 차례로 열리더니 안에서 여러 가지 '악기 같은 물건'이 나타나 뿌뿌빠빠 요상한 음악을 **시끄럽게 자아냈다.**

그리고 소음 같은 소리를 배경으로 밝은 목소리가 울려 퍼졌다.

"이게 누구야! 아키텐의 젊은 영주님과 즐겁고 유쾌한 동료 제군들! 안녕하신가? 나는 안녕하네만 항복하겠네, 두 손 들어 항복하겠다고. 그러니 지금은 일단 그 검을 칼집에 넣어 주지 않겠나?"

밖으로 나와 두 손을 든 채 표표한 투로 그러한 말을 내뱉은 그 남자는─타고 온 자동차에 버금갈 정도로, 혹은 그 이상으로 기묘한 차림새를 하고 있었다.

왕족이라기보다는 광대를 연상케 하는 배색의 요란한 귀족 의상을 몸에 걸쳤으며 머리에는 기묘하게 생긴 모자를 썼다. 무슨 장치가 되어 있는 것인지 손에 든 지팡이의 장식품인 톱니바퀴가 찌걱찌걱 소리를 내며 움직였다.

아야카는 그 남자를 보고 '아아, 역시 이건 꿈이구나.' 하고 확신했다.

지금까지 시야에 비친 광경은 분명 통일된 세계관으로 보였다. 그야말로 기사들이 말을 타고 싸우던 시대의 풍경처럼 보였건만…. 느닷없이 나타난 남자가 그 세계관을 순식간에 엉망으로 만든 것이 부조리하다는 생각마저 들 정도였다.

그 기묘한 남자는 여전히 검을 겨누고 있는 자들에게 계속해서 말했다.

"이런, 이런. 자네들은 사랑과 평화라는 단어를 모르는 건가? 두 손을 든 것은 항복하겠다는 증표라고. …가만, 이 시대의 문화에서는 어땠더라? 뭣하면 백기를 들 수도 있지만… 뭐, 아무렴 어때. 어쨌든 나는 맨손이라네. 적의는 없어. 오히려 내가 파 둔 함정을 아무런 의심도 없이 받아들이고 힘들게 이 변두리 평원까지 온 자네들에게 경의를 표하는 바네!"

"함정이라고?!"

"아, 이런. 주점에 있던 주정뱅이 시인이 내 하수인이라는 사실을 내 입으로 떠벌리고 말았지만―뭐, 그게 무슨 문제겠는가. 어찌 되었건 자네들은 실제로 이곳에 나타났으니 계획은 성공일세! 해냈다고!”

남자의 말을 들은 기사들은 검을 고쳐 쥐고 서서히 포위망을 좁혔다.

하지만 광대 같은 남자는 어깨를 으쓱하더니 지팡이로 자신의 어깨를 통통 두드리며 말했다.

“어허, 좀 기다리시게나. 좀 더 마음을 넓게 가지시게. 그 알렉산더 3세는 나와 같이 미지하고 기발하고 엉뚱한 존재가 눈앞에 나타났을 때, 우선은 그 상황을 즐겼다는 말일세.”

“에에잇, 못 알아먹을 소리 집어치워라!”

『잠깐.』

흥분한 기사들을 아야카의 시야 속에 비친 리처드의 팔이 제지했다.

『…알렉산더 대왕이 어쨌다고?』

“이봐, 리처드! 이런 수상한 녀석의 이야기를 뭐 하러….”

만류하려 드는 동료들을 손으로 제지하며 리처드는 기발한 남자에게 말을 붙였다.

『내가 경애하는 기사왕은 아니라지만 그 위대한 정복왕의 이름을 들먹이며 비교하려 하는데, 시답잖은 이야기일지 모르지만 어떻게 귀를 기울이지 않을 수 있겠어. 안 그래?』

그리고 리처드는 기묘한 남자 앞에서 팔짱을 낀 채 당당한 투로 말했다.

『얘기나 계속해 봐. 우선 당신의 정체는 뭐지?』

그러자 의문의 남자는 즐거운 듯 입술을 일그러뜨리며 개조 자동차 위로 기어 올라가—이쪽을 내려다보는 모양새로 낭랑하게 자신의 이름을 외쳤다.

"잘 물어보았네! 내 이름은 생제르맹! 생제르맹이네! 생이라고 줄여서 불러도 상관은 없네만, 편하게 이어서 생제르맹이라고 불러 주시게나. 그래, 생제르맹! 생제르맹이라는 이름의 향락주의자가 지금, 미래의 위대한 왕 앞에 나타났네! 이는 기념할 일이고말고! 내게는 말일세!"

"너 이놈! 리처드가 왕족이라는 걸 알고도 이쪽보다 높은 곳에 서다니!"

리처드의 동료 중 일부가 그렇게 말했지만 그리 화가 난 듯 보이지는 않았다.

아마도 리처드가 신분의 높고 낮음을 그다지 신경 쓰지 않는다는 사실을 그들도 알기 때문이리라.

―뭐, 주변에 있는 기사들도 반말을 했으니까….

그런 생각을 하던 아야카의 귀에, 차 위에 서서 연설하는 남자를 올려다보고 있는 리처드가 중얼거리는 소리가 들려왔다.

『호오…. 저 모습은 제법 그림이 되는군.』

—…….

아야카는 순찰차 위에 올라가서 연설을 시작했던 리처드의 모습이 떠올라 '그 엉뚱한 행동의 인상이 너무 강했던 탓에 이런 꿈을 꾸는 거로구나.' 하고 납득했다.

하지만 그렇게 납득한들 꿈이 깨기는커녕 리처드의 목소리가 더욱 또렷하게 고막을 울렸다.

『그래서? 그 생제르맹은 내게 어떠한 존재지?』

그러자 또다시 생제르맹이라고 자신을 소개한 남자는 호들갑스럽게 포즈를 취하며 "잘 물어 주셨네!"라고 말했다.

"나는 과거의 영웅담을 답습하려 하는 자네의 이정표이자 파멸을 예고하는 경고자이자 끝을 알리는 예언자이며, 때로는 희망의 나뭇가지를 문 비둘기가 되기도 할걸세. 그것이 자네에 대한 생제르맹이라는 남자의 역할이네."

『욕심도 많군. 요컨대 궁정마술사라도 되고 싶다는 건가?』

"유감스럽게도 나는 마술사가 아니네. 요정도 몽마夢魔도 흡혈종도 시간역행자도 아니거니와 세계를 넘어 다니는 마법사도 아니지. **한낱 귀족에 불과하며, 한낱 사기꾼에 불과해.**"

생제르맹을 자칭한 남자는 지팡이를 요란하게 돌리며 말을 이었다.

"그러니 내 이름을 기억할 필요는 없고, 금방 잊어도 상관없네. 다시 한번 자기소개를 해 두지. 생제르맹이네. 하지만 생

제르맹이라는 이름은 잊어도 좋아…. 그래! 생제르맹! 생제르
맹… 이름은 중요하지 않지. 그게 바로 생제르맹이라는 남자니
까. 생? or 제르맹?"

"이봐, 저 입 좀 닥치게 만들자고, 리처드."

동료들은 또다시 검을 겨누려 했지만 리처드는 꼼짝도 하지
않았다.

『잠깐. 사기꾼이라면 나를 어떻게 속일지 듣고 싶어.』

아야카는 직감적으로 알 수 있었다.

자신은 볼 수 없지만, 리처드는 지금 어린애처럼 눈을 빛내
고 있으리라는 것을.

"하하, 자네를 속일 사람은 내가 아니야. 앞으로 자네가 발을
들일 세계… 아서왕을 탄생시킨 수많은 신비 앞에서 자네 본인
이 자네를 속이려 들걸세. 나는 그 장대한 사기를 도울 뿐이고.
뭐, 어찌 되었건 잘 부탁하네. 자네가 전설 속에 발을 들이는,
이 기념할 만한 순간에 건배."

생제르맹은 자동차 위에서 내려와 공손하게 무릎을 꿇고서
리처드의 얼굴을 아래에서 날카롭게 쏘아보았다.

눈이 마주친 아야카가 채 무슨 생각을 하기도 전에―생제르
맹의 입이 움직였다.

"눈동자 속에 있는 자네도 오래도록 잘 부탁하네."

오싹. 아야카의 등줄기가 으스스 떨려 왔다.

본능이 이해했기 때문이다.

방금 전에 남자가 한 말이 리처드가 아닌, 시점을 공유하고 있는 아야카 본인을 향한 것이라는 사실을.

그리고 그것을 증명이라도 하듯 생제르맹은 아야카가 아니고서는 알아듣지 못할 말을 토해 냈다.

"아마도 머나먼 미래에서 들여다보고 있는, 인생의 미아여."

×   ×

그 순간, 아야카는 정신을 차렸다.

잿빛 천장이 눈에 들어와서 아야카는 자신이 침대 위에 누워 있음을 알아챘다.

등과 손바닥에는 은근히 땀이 배어나 있고, 심장고동이 빨라진 것이 느껴졌다.

"오. 일어났군, 아야카. 안경을 쓴 채 잠들다니, 너도 어지간히 피곤했나 봐."

귀에 익은 목소리에 시선을 돌려 보니, 침대 옆에 놓인 의자에 앉아 책을 읽고 있는 세이버의 모습이 눈에 들어왔다.

그의 앞에 자리한 책상에는, 옆에 있는 책장에서 뽑은 것으로 보이는 여러 종류의 책이 놓여 있었다.

현재 손에 들고 있는 것은 『The Life and Death of King John─존 왕의 삶과 죽음』이라는 제목의 책이었지만 아야카는 개의치 않고 부루퉁한 얼굴로 말했다.

"어제 아무개 씨 때문에 엄청 고생했거든."

"독설을 내뱉을 정도로는 회복된 듯하니 마음이 놓이는걸! 하지만 만약을 위해 조금 더 쉬도록 해. 아직 동도 안 텄거든."

"…고마워. 그리고 미안. 푸념을 할 생각은 없었어."

자신을 여러모로 도와준 상대에게 빈정대는 말을 내뱉고 만 자기 자신에게 짜증이 치민 아야카에게, 세이버는 빙긋 미소를 지은 채 답했다.

"사과할 것 없어. 고생을 시킨 건 사실이고, 앞으로도 고생을 시킬지도 모르니까. 게다가 잠투정을 하는 아이가 더 귀여운 법이라고."

"…긍정적이네."

그 순간, 아야카는 방금 전에 꾸었던 '꿈'이 생각났다.

꿈치고는 상당히 또렷하게 기억이 났다.

─정말로, 그냥 꿈일까?

그녀의 본능은 아니라고 말했지만, 막상 그것을 확인하려니 겁이 나기도 했다.

"그나저나 이 저택은 책이 산더미처럼 많군. 지하에는 마법서 같은 것만 있지만 2층에는 역사서며 소설이 산더미처럼 있어. 영웅담도 많아서 심심하지가 않은걸."

밤새 책을 읽었는지 다소 흥분한 듯 눈을 빛내는 세이버를 본 아야카는 엉겁결에 입을 열었다.

"있잖아."

"응? 왜 그러지?"

―생제르맹이라는 사람 알아?

아야카는 그렇게 물을 뻔했지만 직전에 멈칫했다.

꿈의 끝자락에 보았던 그 기묘한 남자의 눈빛이 생각나, 지금 직접 이름을 거론하려니 겁이 났기 때문이다.

그래서 대신 꿈에 나왔던 다른 고유명사를 입에 담았다.

아야카가 모르는 인물 명이었던 데다 그를 세이버가 알고 있는지 어떤지를 통해 그것이 그냥 꿈이었는지 아닌지를 확인할 수 있으리라고 생각한 것이다.

"있잖아…. 크레티…앵이었던가…. 그런 이름을 지닌 사람을 알아?"

"크레티앵 드 트루아 선생님? 오랜만에 듣는 이름인걸. 마리 누나의 성에서 고용한 궁정 음유시인이었지. 성배전설을 지긋지긋하리만치 많이 들려주었어. …미안. 거짓말을 할 생각은 없었지만 사실과 다른 말을 했어. 나는 그에게 몇 백 번이나 성배 탐색에 관한 노래를 해 달라고 졸랐지만 딱히 지긋지긋하지는 않았어."

"그랬다면… 상대 쪽이 싫어했겠네…."

척척 이야기가 통하는 바람에 채 놀라기도 전에, 아야카는 평소와 같은 투로 말하는 세이버의 모습을 보고 반쯤 어이가 없어져서 솔직한 감상을 입에 담았다.

"그나저나 어떻게 크레티앵 선생님을 아는 거지? 아, 혹시 아야카도 원탁의 기사들의 팬이야? 멋지지, 원탁의 기사! 크레티앵 선생님은 기사로서는 둘째 치고 인간으로서 뒤틀려 있다느니 어쩌니 했지만, 그런 부분도 포함해서 원탁의 기사단은 최고의 기사단이야!"

언급하는 단어는 희미하게 기억났지만 원탁의 기사에 관해서는 그다지 아는 게 없었다.

하지만 눈앞에 있는 세이버가 신이 나서 이야기하는 것으로 미루어 실제로 굉장한 영웅들일 거라고 아야카는 선뜻 받아들였다.

그리고 그 대화를 계기로 아야카는 냉정하게 생각하기 시작했다.

—다시 말해 방금 전의 그건 그냥 꿈이 아니었다는 거지…?

새삼 생각해 보니 확실히 그 감각은 꿈이라기보다는 누군가의 시점으로 연출된 영화의 한 장면처럼 느껴졌다.

그렇다면 모종의 마술적인 작용이 있었던 걸까?

그녀는 그것을 확인하기 위해 방금 전에 꾸었던 '꿈'에 관한 이야기를 세이버에게 해 보고자 했는데—

하필 그때 문밖에서 노크 소리가 들려왔다.

그것을 들은 세이버가 책을 덮음과 동시에 아야카에게 물었다.

"아야카, 들여보내도 될까?"

"…세이버의 판단에 맡길게. 난 그걸 믿을 수밖에 없으니까."

문밖을 경계하면서도 아야카는 세이버에게 판단을 맡겼다.

세이버는 그런 그녀의 얼굴을 빤히 관찰하다가는 고개를 끄덕였다.

"보아하니 머리가 뻗치지도 않았고 눈곱도 안 꼈고 복장도 흐트러지지 않은 것 같군. 좋아, 괜찮겠어!"

"어? 아… 응, 괜찮…은 것 같네."

"그렇지? 이봐~ 들어와도 돼."

세이버가 문밖을 향해 그렇게 외치자 손잡이가 돌아가더니 고풍스러운 디자인의 문이 천천히 열렸다.

"…잠은, 좀 잤어?"

그곳에 서 있는 것은 아직 소년이라 해도 될 법한 얼굴을 지닌 청년이었다.

몸에는 검정색을 기조로 한 특수부대의 제복 같은 것을 걸치고 있어서, 얼굴 생김새와의 격차가 보는 이를 당혹케 했다.

아야카는 그런 청년을 본 채 상대의 이름을 확인했다.

"으음···. 시그마 군···이었던가?"

그의 홀스터에 꽂힌 총기며 나이프를 경계하며 묻자 청년은 그 물음에 직접 답하는 대신 담담한 투로 한 가지 사실을 입에 담았다.

"이 저택은··· 이미 포위됐어."

×   ×

같은 시각. 싸구려 모텔 안.

차량 통행이 적은 길에 세워진 어느 모텔.

중심가에 자리한 고층 빌딩들이 멀찌감치 보이기는 했지만 이 주변에는 모텔 이외의 건물다운 건물은 드물어서, 방치된 자재 보관소 등만 드문드문 보였다.

하지만 그 점을 염두에 둔다 해도―그리고 꼭두새벽이라는 시간대를 고려한다 해도 사람이며 차량의 모습이 지나치게 눈에 띄지 않았다.

마치 그곳만 시간이 멈춰 버린 듯한 정적의 공간 속. 어둠에서 배어 나오듯 여러 명의 인물이 나타났다.

이러한 장소에는 어울리지 않는 수수한 양복을 걸친 아홉 명의 남녀였다.

그중 한 명이 집단의 중심에 있는 남자에게 보고했다.

"술식 확인이 끝났습니다. 주변에 결계는 존재하지 않고 마술이 행사된 흔적도 없으며, 마력이 흐트러진 듯한 낌새도 없습니다."

"…정말 이곳이 맞나?"

리더로 보이는, 부하의 보고를 들은 남자가 의아한 투로 말했다.

사전에 입수한 정보가 확실하다면 이곳을 거점으로 삼고 있는 것은 '시계탑'의 마굴魔窟이라 불리는 현대現代 마술과魔術科―통칭 '엘멜로이 교실'에 소속된 마술사일 터였다.

성배전쟁의 마스터로 선발될 정도의 인물이 결계 하나 치지 않고 태평하게 있다는 게 있을 수 있는 일이란 말인가?

상대는 마술사의 암시에 걸려 스파이 짓을 하고 있는 가련한 일반인 따위가 아닌, 마술사 그 자체일 터인데.

전투부대에서 오랜 시간 경험을 쌓은 남자 리더는 모종의 함정일 가능성을 고려하여 신중하게 작전을 재검토했다.

자신들의 부대, '추크츠방zugzwang'의 이름으로 완벽한 결과를 내기 위해.

추크츠방은 동유럽 에인스카야 가문이 만들어 낸 마술집단이다.

본래는 루마니아를 거점으로 삼고 있던 위그드밀레니아라는 문벌의 수하로, 수백 년에 걸쳐 그 군주 일족의 주변을 캐고 다니는 해충들을 처리하는 조기 처리부대로서의 임무를 맡고 있었다.

하지만 반세기도 전에 그 위그드밀레니아의 힘이 쇠퇴되고 문벌이 해체된 탓에 현재 추크츠방은 프리랜서 마술집단으로서 이래저래 뒤가 구린 일들을 처리하는 조직으로 변화했다.

마술사로서의 실력은 그저 그랬지만 군더더기 없고 무자비한 일처리로 호평을 받았고, 마술사 일파며 마술세계에 관한 사정을 모르는 정치가, 재계인에 이르기까지 온갖 계층에게서 의뢰를 받아 간신히 입에 풀칠을 하고 있었다.

그렇다. 간신히.

청부인으로서의 보수는 좋은 편이었지만 그들도 마술사인지라 어지간한 보수로는 사치를 누릴 수 있을 리가 없었다.

그런 그들에게 기회가 찾아왔다.

지금까지 받았던 의뢰와는 차원이 다른 보수가 제시되기도 한데다 마술사로서도 매우 흥미가 당기는 의뢰가 날아든 것이다.

'마스터의 권한을 빼앗아 스노필드의 성배전쟁에 참가하라.'

추크츠방도 처음에는 의심을 품었지만 의뢰주인 부유한 마술사가 보여 준 사역마의 비전—두 영령의 싸움과 그 결과 생겨난 거대한 크레이터를 보고 나니 믿을 수밖에 없었다.

이 땅에서 마술세계를 뒤흔들 수도 있는 커다란 파도가 일어났다는 사실을.

위험하기는 하지만 기회이기도 하다.

그래서 그들은 하루 만에 마을에 정보망을 펼쳤고 결국 한 마스터의 은신처에 도착한 것이다.

그들은 알지 못했다.

자신들의 능력으로 손에 넣었다고 생각한 그 마스터의 정보가, 한발 먼저 정보를 알아낸 팔데우스라는 남자에 의해 의도적으로 유출된 것이라는 사실을.

흑막 측 인간들이 자신들이 상대할 마스터인 플랫 에스카르도스의 역량을 가늠하기 위해 보낸 대항군.

'추크츠방'은 지금, 그것이 자신들이라는 사실도 알지 못한 채 조용히 지옥에 발을 들이려 하고 있었다.

"…우선 대상의 정확한 위치를 확인한다. 폰pawn1부터 3은 모텔 2층을, 폰4에서 6은 1층을 뒤져라. 폰7과 8은 나와 모텔 관리인실을 제압한다. 관리인은 암시로 정보를 불게 한 뒤에 처리한다. 목격자도 마찬가지다."

마술사들의 일족에 계승되는 마술각인.

그들은 그것을 일부러 분할하여 절반은 '왕―킹'이라 불리는 리더가. 나머지 절반은 '병사'라 불리는 부하들이 여덟 조각으로 나누어 몸 안에 새겨 넣었다.

보통 그렇게까지 분할된 마술각인은 아주 미약한 마력강화 효과를 부여하는 역할밖에 하지 못하지만―그들은 '킹'을 기점으로 모두의 각인을 동조시켜 '병사'들이 지닌 마력회로의 범용성과 수명 그 자체를 대폭 삭감하는 것을 대가로 그들의 능력을 강제적으로 '킹'과 같은 수준까지 끌어올리는 특수한 마술을 행사할 수 있었다.

바로 그것을 기동시키기 위해 '킹'은 자신의 손에 새겨진 마술각인을 내밀려다가―'그것'을 보았다.

"손에 있는 마술각인을 내밀어라. 평소처럼 내 수준까지 너희를 끌어올릴 테니."

자신과 완전히 같은 얼굴을 지닌 남자가, 집단의 중심에서 자신이 늘 입에 담는 말을 내뱉는 광경을.

"뭣…?!"

소리를 질렀지만 '병사'들은 아무도 이쪽을 쳐다보지 않았다.

뭔가 마술적인 방해를 받고 있는 것인지 이쪽의 존재를 보지도 못하는 듯했다.

자신이 유체이탈이라도 한 듯 보이는 광경 속에서 자신과 같은 얼굴을 지닌 남자는 자신과 완벽하게 같은 동작으로 병사들과 손을 포갠 채—

—이런.

—다들 멈춰! 그 녀석과 손을 포개지 마!

'킹'이 희미한 마력의 흐름을 감지하기는 했지만 경고를 하기에는 이미 늦었다.

아니, 과연 소리를 질렀다 한들 자신의 목소리가 '병사'들에게 전해지기는 했을까?

그런 의문이 머릿속을 스친 순간—자신과 같은 얼굴을 지닌 남자는 그 말을 입에 담았다.

"3, 2, 1— 집약 개시."

"컥⋯." "꺄악?!" "으윽⋯."

찰나, 그와 손을 포개었던 여덟 명의 '병사'들은 벼락을 맞은 듯 온몸을 떨며 그대로 눈이 뒤집힌 채 모텔 입구 앞에 쓰러졌다.

일동이 동조를 시도한 타이밍에 진짜 '킹'의 마술각인에서 느껴지는 파장으로 위장하여 강력한 저주를 직접 신체 내부에 박아 넣은 것이다. 그렇게 판단한 '킹'은 순간적으로 자신들이 궁지에 처했음을 알아챘다.

하지만 대응이 한발 늦어 자신과 같은 얼굴을 지닌 남자는 모습을 감춘 뒤였다.

그리고 자신의 뒤통수에 누군가의 손가락이 닿는 감각이 느껴지더니—정신이 들어 보니 자신도 땅바닥에 엎어져 있었다.

추크츠방의 리더인 '킹'은 의식을 잃지는 않았지만 감각이 몽롱해져, 자신이 패배했다는 사실을 이해하는 데만 몇 초가 걸렸다.

차가운 아스팔트에 닿은 오른쪽 귀는 싸늘해졌고 하늘을 향하고 있는 반대쪽 귀에는 담담한 남자의 목소리가 들려왔다.

"과연. 자네는 재미있는 마술을 사용하는군. 마술각인의 일부를 넘겨주어서 군체의 왕이 되다니, 이 역시 기연奇緣이라 해야 할지…."

그러던 중, 이상한 소리를 중얼거리는 남자의 등 뒤에서 팽팽한 분위기를 누그러뜨릴 정도로 태평한 목소리가 메아리쳤다.

"괜찮았어요? 우와아, 진짜로 똑같이 변하셨네요."

"기억까지 완전히 카피하기는 어렵지만 표층적인 것이나 오랜 기간 반복해 온 일이라면 읽어 낼 수 있지. 이 정도 마술사의 기술은 100퍼센트 재현할 수 있지만 말이네."

"재… 버서커 씨, 본인 앞에서 '이 정도 마술사'라고 하는 건 실례잖아요."

"음… 미안하네. 이 남자는 다소 거만한 성격인 듯하군. 그나저나 방금 진명을 말할 뻔하지 않았나?"

버서커.

소년이라 해도 좋을 나이 대의 청년이 자아낸 그 단어를 들은 암살자—마술사는 이해했다.

그것이 바로 자신들의 부대, '추크츠방'을 일망타진한 존재이자 성배전쟁이라는 의식에서 '영령'이라 불리는 존재임을.

그리고 이 소년이 아마도 타깃인 마술사, 플랫 에스카르도스일 거라고 '킹'은 판단했다.

—완패다.

—이게 영령이라는 것인가. 상황을 개시하지도 못할 줄이야.

동시에 자신의 운명도 여기까지임을 깨달았다.

이 상황을 역전시킬 방도가 있기는 할까. 마술사로서, 혹은 수많은 임무를 완수해 온 암살자로서 여러 가지 수단을 고려해 보았지만, 저주가 온몸을 좀먹어 목숨구걸조차 불가능한 현재 상황에서는 그야말로 아무것도 할 수가 없었다.

기회가 있다면 고용주 등에 관해 자신들을 심문할 때뿐이리라. 하지만 '병사'를 잃은 상태에서 이 영령을 거느리고 있는 마술사를 상대로 무엇을 할 수 있겠는가?

―과연, 성배전쟁이라⋯. 이만한 대마술의 양식이 되는 걸 마술사로서 영광으로 여겨야 할지도 모르겠군.

자결조차 할 수 없는 상황 속에서 최대한 고통스럽지 않은 죽음을 맞기를 기도하던 '킹'의 귀에―다음 순간, 묘하게 느긋한 대화가 들려왔다.

"그래서 어쩔 텐가, 마스터?"

"네, 일단 밧줄로 묶고 빌린 모텔방에 던져두죠. 그나저나 이렇게 또 아홉 명이 추가되네요⋯. 방을 하나 더 빌리는 게 나을까요?"

"욱여넣으면 되지 않겠나. 옮길 테니 잠시 기다리시게나."

"괜찮아요, 사람을 물리는 결계는 이 사람들이 쳐 둔 걸 그대로 보강해 사용하면 되니까요."

마스터와 서번트가 잡담이라도 하듯 대화를 나눴다.

'킹'이 영문도 모른 채 간신히 움직이는 안구를 필사적으로 위쪽으로 돌려 보니―그곳에는 아직 어린 금발 청년과 자신과 같은 모습을 한 남자가 있었다.

자신과 같은 얼굴을 지닌 남자의 모습이 문득 사라지더니, 다음 순간 2미터도 더 되는 근육질 거한이 그 자리에 나타났다.

그리고 '병사'들 여덟 명을 한꺼번에 짊어진 거한의 손이 자신에게도 뻗어 와, 그대로 한꺼번에 부하들과 운반되었다.

몇 분 후.

모텔의 한 방에 갇힌 '추크츠방'의 '킹'은 그제야 '병사'들이 한 명도 죽지 않았음을 확인했다.

―……? 병사들을 살려 두는 이유가 뭐지?

―고문해서 정보를 토해 내게 하려면 몇 사람만 남겨도 될 텐데.

―서, 설마, 스크라디오 패밀리가 하고 있다는 '인체의 마술 결정화'를 하려고?

소문으로 들은 비인도적인 마술기구를 생각해 낸 '킹'은 식은땀을 흘렸다.

자세히 보니 자신들 말고도 몇몇 마술사들이 방에 널브러져 있었다.

그들도 자신처럼 첩보와 암살을 주로 하는 마술사들이리라 생각하던 중, 금발 소년이 짝짝 손뼉을 치는 소리가 들렸다.

"자아! 으음, 여러분. 난폭한 짓을 해서 죄송합니다! 어째 다들 살기등등하시기에 일단 버서커 씨한테 붙잡아 달라고 했어요! 만약 그냥 지나가던 마술사라면… 그게, 죄송합니다!"

"……."

마술사들이 의아한 눈으로 자신을 쳐다보는 것을 본 플랫 에스카르도스는 난감하게 됐다는 듯 옆에 있는 거한에게 말했다.

"어쩔까요, 버서커 씨. 다들 경계하고 있는 것 같은데. 뭐든 경계심이 풀릴 만한 사람으로 변신해 주세요. 어린애나 피에로 같은 걸로….'

"흠….'

그렇게 중얼거린 거한, 버서커―잭 더 리퍼의 모습이 사라지더니 그 자리에 어린 소녀가 나타났다.

"와악! 아. 글쎄! 왜 어린애로 변신할 때마다 그런 수영복 같은 차림을 하고 있는 건데요!'

플랫이 허둥지둥 근처에 있던 침대의 시트를 씌우자 소녀의 모습을 한 버서커가 답했다.

"역시 몇 번을 해도 이렇게 되네. 이 아이로 변신하면 왠지 안심이 돼. 근데 어째서인지 이것저것 해체하고 싶어서 살짝 난감해.'

"눈곱만큼도 안심이 안 된다고요! 해체하거나 경찰이 보기 전에 빨리 돌아와 주세요! 봐요! 다들 이상하다는 눈으로 쳐다보잖아요!'

주변을 둘러보니 마술적인 봉인 처리를 가한 박스 테이프로 묶인 마술사들은 소녀의 모습이 된 버서커를 보고 바들바들 떨고 있었다. 본인들도 이유는 모르겠지만 본능적, 근원적인 공포를 느끼고 몸을 떨고 있는 듯했다.

"치이~"

버서커는 그렇게 어린애처럼 불평을 한 후, 다시 모습을 감췄다가는 곧장 척 보아도 영국 귀족처럼 생긴 청년이 되어 나타났다.

(이러면 어떤가. 당시 영국 귀족과 연관이 있는 이라네. 흠. 이 역시 조금 전 소녀의 모습을 했을 때처럼 안심이 되는군. 어쩌면 내 정체로 손꼽히는 유력한 설 중 하나일지도 모르겠어. 흠, 이쪽은 해체하고 싶다기보다는 영혼 그 자체를 더럽히고 싶다는 욕구가 있는 모양이군.)

염화로 말을 걸어오는 버서커에게 플랫은 과연, 하고 고개를 끄덕이며 염화로 답했다.

(어쩌면 잭 씨의 정체로 추정되는 유력한 설 같은 걸로 변신하면 마음이 놓이는 건지도 모르겠네요. 하지만 그런 욕구에 넘어가시면 안 돼요?)

(그렇게까지 이성을 잃으면 아마도 영혼 자체가 변해서 나는 버서커가 아니게 될걸세. 만약 그렇게 되면 영주슈呪를 사용해서 내게 자해를 명령하시게. 알겠나?)

(잭 씨….)

(이건 나의 소소한 부탁이네, 마스터. 어정쩡한 형태로 내 정체를 결정짓고 싶지는 않으니 말이야.)

그렇게 염화로 대화를 나눈 후, 플랫은 그 부탁을 승낙도 거절도 하지 않고 화제를 돌리듯 마술사들에게 말했다.

"으음, 소개해 둘게요. 저기 샤워실 앞에 널브러져 있는 게 렉섬 씨. 냉장고 앞에 있는 게 코체프 씨. 소파 앞에 계신 게 디케일 씨. 옆에 있는 검은머리를 금발로 물들인 사람이 사가라 씨. 그리고 방금 아홉 명이 한꺼번에 와 주신 게… 그게….

플랫이 버서커에게 묻자, 그는 자신이 읽어 낸 표층부의 기억을 더듬어 대답했다.

"추크츠방. 그들은 아홉 명이 하나네. 그렇게 부르게나."

"네! 그럼 추크츠방 씨라고 하면 되겠네요! 으음, 저희는 이제 이 모텔을 떠날 건데요. 여러분을 봉인한 건 오늘 저녁 정도에 일제히 풀리도록 해 둘게요. 그러자마자 살육전이라도 벌어지면 안 되니 마술회로는 사흘 정도 더 봉인해 둘게요."

마술회로를 봉인한다.

엄청나게 가벼운 투로 내뱉은 그 말에 의식이 있는 마술사들이 눈살을 찌푸렸다.

자신들을 죽이려 하지 않는 소년의 태도 역시 의아하기는 마찬가지였다.

"흠. 마스터여. 그러면 추크츠방이 아홉 명 있으니 유리하지 않겠나?"

"아, 그러네요. 그럼 다른 네 명은 저희가 원래 사용했던 방에 집어넣고 30초 일찍 풀리게 해 둘게요. 30초 정도면 뭐, 도망치든 뭘 하든 할 수 있을 테니까요."

명랑한 투로 말하는 플랫의 목소리를 들으며 눈살을 구기고 있던 몇몇 마술사들은 오히려 화가 난 눈치였다.

마술사로서의 각오가 전혀 되지 않은 듯한 존재가 영령이라는 무기를 지녔다는 이유만으로 간단히 자신들을 무력화시킨 현실에.

하지만 그 감정은 금방 반전되었다.

마술사들이 플랫을 노려보는 것을 본 버서커가 턱을 쓸며 마스터에게 물었다.

"마스터여. 정말로 저들을 처분하지 않아도 되겠나?"

"그렇게 죽이고 싶으세요?"

"아니…. 어차피 저들과는 죽고 죽일 운명 아닌가…. 아닌 게 아니라 이미 과거에 몇 번이나 죽인 듯한 느낌도 들지만, 아마도 다른 위상에 위치한 세계에서 있었던 일이거나 세계의 뒤틀림의 일종일 테지. 나는 마스터의 방침을 따를 뿐이네만 죽이지 않을 이유도 없지 않나?"

"안 죽일 거예요. 잭 씨. 사람의 목숨은 지구보다도 무겁다고요."

마술사로서는 기가 차는 말을 토해 내는 바람에 그 말을 들은 포로들이 분노로 몸을 떨던 찰나—

다음 말이 계기가 되었다.

그때까지 플랫의 마술적 재능은 인정하면서도 '마술사로서의 기질은 없고 잘난 건 마술회로뿐인 도련님', '인간적인 온정조차 거두지 못하는 결함 마술사'라 생각하던 자들이 일제히 그 생각을 새로이 하게 된 것은 그가 내뱉은 말과 그 순간에 보인 그의 눈빛 때문이었다.

"이 사람들을 비롯한 인간의 목숨은, 지구를 뛰어넘기 위한 소중한 부품이니까요."

눈.

그렇게 말한 순간 보인 플랫의 눈은 마술사의 눈도, 평범한 인간의 눈도 아니었다.

무언가가 송두리째 빠진 듯한, 혹은 모든 이를 꿰뚫어 보고 있는 듯한, **충족된 공허함**.

그런, 지금까지 느낀 적이 없는 기척을 느낀 마술사들은 일제히 이해했다.

눈앞에 서 있는 이 소년은, 마술사가 아니다.

그럼 마물이나 인형 같은 부류인가 하면 그렇지는 않다. 몸과 마음은 분명 인간의 그것이다.

하지만 바라보는 '시선'이 다름을 마술사들의 본능이 말해 주었다.

이 플랫 에스카르도스라는 남자가 무엇을 보고 있는지, 그들은 결국 이해할 수가 없었다.

그러한 감각은 버서커도 요 며칠 동안 교류하며 느낀 바였지만 구태여 말하지는 않았다.

선한 자라느니 악한 자라느니, 그는 그러한 범주로 논할 수 있는 존재가 아님을 느끼고 말았기 때문이다.

그것을 증명이라도 하듯 악의며 선의가 조금도 실리지 않은 투로 플랫은 말을 이었다.

"간단히 죽이면, **불쌍하기도 하고 아깝기도 하잖아요.**"

공포로 경직된 마술사들 앞에서, 역시나 버서커만이 알아챘다.

그렇게 중얼거리는 플랫의 얼굴에 일말의 쓸쓸함 같은 것이 떠올랐다는 사실을.

──────── **잭이 보구를 ─── 기 20시간 전.**

×   ×

같은 시각. 스노필드 도심. 뒷골목.

"요즘 인간들은 꽤나 목숨을 함부로 다루네. 뭔가 좀 불쌍해."

고층 빌딩가에서 조금 떨어진 곳에 자리한 새벽의 뒷골목.

거리를 오가는 사람들은 그럭저럭 있었지만 결코 치안이 좋다고는 할 수 없을 듯한 분위기의 뒷골목에서 필리아—정확히는 필리아의 몸에 빙의한 '무언가'가 주변을 둘러보며 그렇게 중얼거렸다.

"…함부로 다뤄요?"

그 말에 답한 것은 필리아의 뒤를 따라 걷던, 마음 약해 보이는 여성 마술사였다.

필리아는 가볍게 어깨를 으쓱하며 쭈뼛거리는 그녀에게 말했다.

"그래. 함부로 다룬다고 해야 할지, 죽지 못해 안달이 났다고 해야 할지. 찰나의 쾌락에 빠지는 것까진 좋지만, 어째서 그 한순간을 화려하게 즐기려 하지 않는 걸까?"

필리아의 시선 끝에 있는 것은 술에 취해 난동을 부리는 남자들이며 뒷골목에 어울리는 우락부락한 조폭들이었다.

"저 애는 이상한 약초를 태운 연기를 들이켜고 있고, 저기 있는 애들은 상스러운 피를 뒤집어쓴 냄새가 나고, 퇴폐에 취해 목숨을 떨구는 건 좋지만 이왕이면 좀 더 예쁘게 떨굴 것이지."

그런 말을 입에 담고 있는 필리아는 이 뒷골목에서는 상당히 눈에 띄는 차림새를 하고 있었다.

티 없이 하얀 은발을 나부끼며 눈처럼 하얀 얼굴에 자리한 붉은 눈을 황황히 빛내고 있었다.

마치 인공물처럼 지나치게 반듯한 생김새였지만 현재 그녀의 몸을 움직이고 있는 존재의 영향인지, 그 얼굴은 생생한 감정으로 물들어 인간다워 보였다.

"여어, 예쁜이들. 이런 시간에 이런 데에 있으면 위어버브브 아아아아브브브."

"비켜, 추잡한 말은 귀에 들어오지 않았으니 용서해 줄게. 그러니 사라지든지 죽든지 해."

조금 전부터 몇 번이나 조폭 같은 남자들이 말을 붙여 왔지만, 그들은 그녀가 눈빛을 날리기만 해도 거품을 물고 쓰러졌다.

뒤를 따라 걷던 마술사 소녀는 그들이 쓰러진 이유를 알았다.

필리아가 두른 너무도 농밀한 마력이 마력회로가 없는 일반인들도 느낄 수 있는 수준으로 집속되어 조폭들의 뇌를 직접 뒤흔든 것이다.

—체내마력—오드? 아니면 체외마력—마나? '소원小源'이나 '대원大源' 같은 개념과는 다른 이치일까…?

상대의 주변에서 마력의 격류가 소용돌이치고 있는 것을 느낀 마술사 소녀는 공포에 사로잡혔다.

무시무시한 양의 마력을 두르고 있다는 것은 느껴졌지만 정말로 무서운 것은 그것이 그녀를 중심으로 반경 3미터 정도에

걸쳐 쌓여, 반원형 마력 돔을 형성하고 있다는 사실이다.

더 자세히 말하자면 마력은 그 돔 밖으로 전혀 새어 나가지 않았으며, 마술적인 에너지가 마치 필리아를 중심으로 자그마한 행성을 이룬 듯 순환하고 있는 것이 느껴졌다.

눈앞에 있는 존재는 마술사가 아니다.

아인츠베른의 호문쿨루스, 필리아. 그에 관한 정보는 사전에 들었으나 지금의 그녀는 본래의 모습을 유지하고는 있어도 호문쿨루스나 마술사, 어쩌면 일반적인 영령과도 다른 존재였다.

필리아의 모습을 한 무언가는 완전한 미지를 앞에 두고 겁에 질린 마술사 소녀에게 말했다.

"너도 마찬가지야, 할리. 자기희생의 마술은 내 시대에도 드물지 않았지만, 이왕이면 즐겁게 자신을 희생하라고. 보는 사람이 다 딱할 지경이었던 말야."

그런 필리아의 말에 마술사 소녀─할리는 자신의 내면을 간파당했음을 알아채고는 몸을 움찔 떨었다.

할리 볼자크.

시계탑에 소속되지 않은 **무소속** 마술사지만 흑마술─위치크래프트의 실력은 일류이며 어떠한 목적을 띠고 미합중국에 마술적으로 접촉을 꾀하던 참에 프란체스카가 거둔 소녀였다.

그녀는 희생을 필요로 하는 흑마술에서 늘 자신의 피와 살만을 제물로 바쳤으며 주살呪殺을 전혀 하지 않는 대신 '주살 받아치기'에 매우 능한 이단아였지만, 마술사로서의 실력은 상당히 높은 부류에 속한다고 할 수 있었다.

하지만 우수한 마술사이자 마술을 사용하는 일을 자랑스러워하던 그녀는 어떤 사정 탓에 '마술세계'에 강한 증오를 품고 있었다.

그런 마술세계를 붕괴시키기 위해 그녀는 프란체스카와의 거래를 받아들였다.

만약 자신이 성배를 손에 넣는다면 그 힘을 이용해서 마술세계가 의도적으로 행하고 있는 은폐를 모두 무효화할 셈이었다.

일반세계에 인식됨으로 인해 신비성이 옅어지면 마술사들은 '근원'으로부터 까마득히 멀어질 터이다.

아예 세계에서 마술이라는 개념이 사라지기를 바라며 이 성배전쟁에 임했는데—자신이 소환한 버서커로 인해 빈사의 중상을 입었던 것을 필리아의 몸에 빙의한 '무언가'의 덕에 목숨을 건지는 기묘한 운명을 향유하게 되어, 이렇게 치안이 좋지 않은 새벽의 뒷골목을 걷고 있었다.

우수한 마술사가 폭력배 한두 사람을 두려워할 리도 없거니와 시계탑의 '전위典位—프라이드'나 '색위色位—브랜드'의 칭호를 받은 고위 마술사들 중 전투에 특화된 자들로 말하자면, 폭도 집단이며 일반 군대의 소대 정도를 상대하는 것쯤은 우스운 일이었다. 전투기능의 최고점에 도달한 극소수 마술사들에 이르러서는 다소 대비를 하면 소국의 군대도 단독으로 상대할 수 있다고까지 일컬어지고 있다.

하지만 할리의 경우에는 마술사로서 우수하기는 하나 직접적인 전투에는 전혀 재능이 없었다. 사역마를 사역하면 백 명 정도의 폭한은 쫓아낼 수 있지만 당연히 누군가가 뒤에서 나이프 같은 것으로 찌르기라도 하면 마술각인의 회복기능을 계산에 넣는다 해도 상처의 위치에 따라서는 죽음을 각오해야만 했다.

본래 서번트는 그런 그녀의 방패가 되고 창이 되어야 했지만 그녀가 불러낸 영령은 버서커인 탓에 제정신이 아니어서 이쪽의 지시에 얼마나 따를지는 알 수가 없었다.

하지만. 할리는 필리아에게 시선을 옮겼다.

저 호문쿨루스에 깃든 '무언가'는 그런 버서커를 가볍게 제어하여 마치 강아지처럼 다루어 보였다.

필리아의 중개 덕에 정식으로 계약을 맺기는 했으나 할리는 자신이 불러낸 버서커가 자신의 서번트라 생각할 수가 없었다.

시선을 머리 위로 들어 보니 '그것'이 따라오고 있었다.

기계장치로 된 거미와 사자가 융합한 듯한 으스스한 기계인형—로봇의 영령은 영체화도 하지 않고, 그야말로 영화에 나오는 거대 거미처럼 빌딩 벽면을 기어 다니고 있었다.

하지만 마력적인 기척은커녕 소리가 나지도 않아, 빌딩 안에 있는 사람들이 혼란 상태에 빠진 듯한 낌새는 전혀 없었다.

할리가 의아해 하자 필리아는 가슴을 편 채 말했다.

"기적과 모습은 완전히 차단하고 있으니까 괜찮아. 나랑 너한 테만 보이게끔 해 두었으니 안심해."

가볍게 말했지만 그것이 얼마나 어려운 일인지 아는 할리는 새삼 눈앞에 있는 존재에 대한 경외심이 부풀어 오르는 것을 느꼈다.

그녀와 만나고서 딱 하루가 경과한 현재. 할리는 아직도 상대 의 정체도 목적도 알지 못했다.

버서커를 소환했을 때 입었던 상처는 필리아 덕에 회복했으 나 소실된 예장과 손상된 마력회로를 수복하기 위해, 그리고 무엇보다도 주변 정보를 수집하기 위해 자신의 마술공방 안에 틀어박혀 있었기 때문이다.

그러던 도중 필리아는 어디론가 모습을 감추더니 한밤중에 돌아와서는 '어쩐지 신기해서 어제는 하루 종일 **여러 나라를** 관찰하고 왔는데… 크기만 커졌지 어째 시시하더라. 뭐, 내가 있던 시대와 비교했을 때 칭찬할 만한 부분도 많았지만.'이라 고 투덜대더니 할리의 손을 잡고 억지로 밖으로 끌고 나온 것 이다.

소심한 그녀는 좀처럼 말을 꺼내지 못하고 있었지만 용기를 내어 묻기로 했다.

"저기…. 어디로 가시는 건가요?"

"어디긴, 당연히 다른 서번트들이 있는 곳이지."

"네?"

할리는 맹한 표정을 지었다.

필리아는 그런 그녀를 보고 오히려 이상하다는 듯 고개를 갸웃하며 말했다.

"성배전쟁 중이잖아? 네가 이길 수 있도록 조금은 도와주려는 것뿐이야. 내 목적과도 일치하거든."

"…혹시, 다른 마스터의 거점에 쳐들어갈 셈인가요?"

"맞아, 이 앞이야. 크기만 컸지 꾀죄죄한 공방이 늘어서 있는 곳. 사실 저렇게 연기 냄새가 풀풀 나는 데는 얼씬도 하고 싶지 않지만."

필리아에 깃든 '무언가'는 나직하게 한숨을 내쉬더니 아침 햇살로 물든 하늘을 올려다본 채 혼잣말을 했다.

"내 정원에 진흙 냄새가 퍼지는 건 두고 볼 수가 없겠더라고. …빨리 씻어내 버려야지."

×　　　×

같은 시각. 경찰서.

스노필드 경찰의 수장인 올란도 리브는 서번트인 캐스터와의 감각공유를 차단한 상태다.

서번트에게 정찰업무 등을 시킬 일도 없거니와 그 반대로 이쪽의 정보를 전달할 필요도 없다고 생각하기 때문이다.

그렇기에 꿈 등의 형태로 서번트의 정신세계며 과거의 기억을 보는 일도 없었고, 서장 역시 그럴 필요는 없다고 생각했다.

그가 불러낸 '거짓 측'의 캐스터, 알렉상드르 뒤마 페르는 현재, 경찰서에서 떨어진 장소에서 보구 제작, 혹은 개찬改竄 작업을 진행 중이었다.

감각공유를 하고 있지 않은 탓에 대화 등은 나눌 수 없었고 연락은 기본적으로 전화로만 했다.

어새신의 습격으로부터 하루가 경과한 지금이 되어서야 서장을 비롯한 경찰진영은 태세를 정비할 수 있는 형편이 되었는데, 이때 새로운 혼란이 일어났다.

도시 쪽에서 발생하고 있는 '동물들의 전염병', '느닷없이 도시에서 나가지 않겠다는 소리를 하는 정신병'과 같은 혼란이 귀에 들어오는 바람에, 성배전쟁의 흑막인 동시에 치안유지에 힘써야 하는 경찰로서는 양쪽 정보를 모두 처리하느라 정신이 없는 상황에 빠져 버린 것이다.

그런 가운데 서장의 휴대전화가 뒤마에게서 연락이 왔음을 알렸다.

[여어, 형씨! 금방 받았구먼! 밤샘 작업 중인가 봐?]

"그런 셈이지. 자네를 불러낸 뒤로 제대로 잔 날이 없어."

[핫! 툴툴거릴 시간이 있으면 이폴리트 듀란이라도 소환해 달라고. 일을 기가 막히게 해. 우리 집을 만든 녀석이거든! … 뭐, 이제는 남의 집이지만 '샤토 드 몬테크리스토'라고 알아?]

"당연하다. 지금은 자네를 칭송하기 위한 기념관이 되었으니."

일 드 프랑스 지방에 세워진 아담한 성을 연상케 하는 저택. 전성기의 뒤마가 가진 재산을 쏟아부어 건설한 저택으로 센 강의 강변에 자리한 그 호사스러운 저택은 전성기를 맞은 뒤마의 광채를 상징하는 지표 그 자체라고도 할 수 있었다.

[그래, 조사해 보고 깜짝 놀랐지 뭐야. 무일푼이 됐을 때 팔아 치웠던 우리 집이 돌고 돌아 내 기념관이 되어 이 시대에까지 남아 있다니!]

"시대를 초월한 자네 작품의 팬들에게 고마워하도록."

[누가 아니래. 작은마누라 초상화까지 장식해 놨을 줄은 몰랐지만. 뭐, 이젠 작품도 집도 작은마누라도 내 손을 떠났지만서도. 보는 눈 있는 녀석들이 즐겨 주니 만든 보람이 있군.]

"작품과 집은 둘째 치고, 현대의 가치관으로 봤을 때 첩을 두는 건 탐탁지 못한 짓이지만 말이다."

캐스터는 비아냥거림이 듬뿍 담긴 서장의 말을 흘려 넘기고

자기 할 말만 입에 담았다.

　[뭐, 어쨌든. 거기 별채에 세운 집필실… 내 주변 녀석들은 '샤토 디프*'라고 불렀는데. 작가가 원고를 쥐어 짜내는 방을 감옥섬 취급한 건 좀 너무한 것 같지만, 거기라면 내 작업 효율도 엄청나게 오를 것 같은데 말이지.]

　"…그렇다 한들 프랑스와 이 도시를 왕복하며 보구를 주고받을 수는 없는 일 아닌가?"

　[나 원, 내가 죽고서 130년도 더 지났는데 순식간에 전이하는 기계 하나 못 만들었을 줄이야.]

　"이곳에서 프랑스까지 순간 이동하는 건 마술이 아니라 마법에 한쪽 다리를 걸치고 있는 수준이다만."

　서장은 거기까지 말하고서 문득 생각이 났는지 물음을 던졌다.

　"…그나저나 자신의 집에 '샤토 드 몬테크리스토'라는 이름을 붙이다니. 그 작품에 어지간히 애정이 있나 보군. 아니면 그것도 주변 사람들이 멋대로 붙인 것뿐인가?"

　[글쎄, 기억이 안 나네. 아무개 씨 보라고 그렇게 부르게 했던 것 같기도 하지만, 결국 내가 살아 있는 동안에는 불평을 하러 오지 않았지. 뭐, 그런 건 아무래도 상관없잖아.]

※샤토 디프 : 마르세유 앞바다에 위치한 이프 섬에 세워진 요새. 한때 감옥으로 사용되었으며 『몬테크리스토 백작』의 무대이기도 함.

뒤마가 어쩐 일로 티가 나도록 화제를 돌리려 하자 서장은 어이없어하면서도 응해 주기로 했다. 안 그래도 휴식차 나누는 잡담치고는 이야기가 지나치게 길었다고 반성하던 참이었기 때문이다.

"그래서? 굳이 전화를 건 용건이 뭐지?"

[어엉, 그 흡혈종을 상대하다 보구가 박살 난 녀석이 몇 명 있었잖아? 곧 다 고쳐질 것 같아서 말이야.]

"그거 다행이군. 평소처럼 전달책을….."

[스톱. 전달책은 필요 없어. 대신 보내 줬으면 하는 녀석이 있는데.]

서장은 뒤마의 제안에 눈살을 찌푸리며 물었다.

"…평소처럼 여자를 내놓으라는 말을 하려는 건 아닌가 보군."

[그래. 형씨가 고른 경찰 부대. 클랜 칼라틴 녀석들을 내가 있는 곳으로 데려와. 전부 다는 필요 없고, 되도록 토박이로. 아, 보구가 박살 난 녀석은 인원에 꼭 넣어 두고. 오른손을 먹힌 그 형씨도.]

"……."

서번트의 제안을 들은 서장은 잠시 망설였다.

뒤마의 존재를 클랜 칼라틴에게도 주지시켜 두기는 했다.

하지만 직접 만나게 해도 될지에 대한 판단을 쉽게 내릴 수가 없었다.

며칠 전만 해도 서장은 불필요하게 뒤마와 부하들을 만나게 하지 않으려 했고, 뒤마도 딱히 만나고 싶어 하는 눈치는 아니었다.

하지만 지금과 같은 상황이 되고 보니, 뭔가 변화가 필요할 것도 같았다.

"…보구를 작성하는 데 딱히 사용자와 만날 필요는 없다고 들은 것 같다만?"

[그래. 딱히 그런다고 보구가 강해지는 건 아니니까. 평범한 인간과 보구는 상성이고 나발이고가 없거든. 쥐었을 때의 감촉을 세세하게 조절하는 건 그야말로 내가 할 일이 아니기도 하고.]

뒤마는 딱 잘라 말하더니 서장이 '그럼 어째서?'라고 묻기도 전에 스스로 답을 입에 담았다.

[나는 이번에 한낱 관객에 불과해. 관람료로 댁한테 최소한의 협력을 하고는 있지만 말이야.]

"……?"

[하지만 말이야…. 관객은 관객대로 마음에 드는 배우가 있으면 좋아할 만한 꽃다발이라도 한두 개쯤 안겨 주고 싶은 법이라고.]

서장은 뒤마의 말을 듣고 얼마간 생각에 잠겨 있다가 요란하게 한숨을 토해 냈다.

그러고는 다시 몇 초간의 침묵 끝에 각오를 굳힌 듯 입을 열었다.

"…좋아. 하지만 그들은 마술사이기 전에 나의 소중한 부하다. 멋대로 마술회로나 정신을 건드리지는 않겠다고 약속해라."

[나는 딱히 엘리파스 레비나 파라켈수스 같은 마술사가 아니라고. 그런 재주가 있을 것 같아?]

"엘리파스 씨가 마술협회가 인정하는 형태의 정식 마술사였는지 아닌지는 의견이 갈리는 부분이다만… 보구의 토대가 되는 무구에 '전승'을 부여해 보구를 만들어 내는 재주가 있는 남자가 할 말은 아닌 것 같군."

[…뭐, 운명을 주무를 가능성은 있을지도 모르지만 말이지. 그 정도는 못 본 척하라고. 최대한 좋은 방향으로 뒤틀도록 할 테니까.]

서장은 태연하게 그런 소리를 하는 뒤마에게 뭔가 쓴소리를 해 줄까도 싶었지만 간신히 말을 목구멍으로 밀어 넣고 잽싸게 통화를 마쳤다.

"…미안하군, 문제가 좀 생겼다. 언제 부하를 보낼지는 추후에 연락하지."

[하핫! 쉴 새가 없네! 위장약은 잘 챙겨 두라고, 형씨! 그나저나 현대의 위장약은 종류가 풍부해서 질리지가 않겠어! 위장

조심하라고! 그럼 이만!]

통화를 마친 후, 서장은 옆으로 시선을 옮겼다.

클랜 칼라틴의 멤버이기도 한 직속 비서가 그곳에 선 채 한 장의 보고서를 내밀고 있었다.

서장은 말없이 고개를 끄덕인 후, 그 보고서의 내용을 훑어보았다.

보고서에는 도시에 나타난 아인츠베른의 호문쿨루스가, 프란체스카가 데려온 마술사―다시 말해 진짜 서번트의 마스터 중 한 명과 행동을 함께하고 있다고 적혀 있었다.

그중 그의 눈길을 끈 것은 두 사람의 행선지에 관한 보고였다.

서장은 프란체스카와 팔데우스가 데려온, 이쪽의 수하에 있는 마스터들에 관한 정보를 사전에 들은 바 있었다.

세이버를 부를 예정이었던 카슐라는 어새신의 손에 의해 사망.

마술사 용병인 시그마는 팔데우스하고만 연락을 취했다.

이미 인간이라는 개념조차도 버렸다고 일컬어지는 강화마술을 다루는 일족의 막내딸, 도리스 루센드라도 경찰의 감시망에는 걸리지 않았다. 때문에 결과적으로 이렇게 정보망에 걸린 할리는 서장에게 매우 귀중한 존재였다.

하지만 그녀가 아인츠베른의 호문쿨루스와 동행하고 있는 것은 영 좋지 않은 상황이라 할 수 있었다.

―세뇌당했거나 협박을 받았나….

―아니, 할리 볼자크의 행보를 생각하면 정식 거래를 통해 돌아섰을 가능성도 있지.

할리 본인은 전투력이 강한 마술사는 아닌지라 그리 문제될 것이 없다. 주살 등에 대한 경계는 필요하겠지만 그것은 그녀에게 한정된 이야기가 아닌지라 이미 몇 중에 걸쳐 대책을 마련해 두었다.

그렇기에 문제는 그녀가 어떠한 영령을 불러냈느냐 하는 것뿐이었다.

마스터에 대한 정보는 '위'에서 내려왔지만 누가 어떤 영령을 불러냈는지까지는 보고받은 바가 없었다. 상층부는 클랜 칼라틴도 버림수로 여기고 있을 것이다.

하지만 이번 성배전쟁의 마스터들 중 경계할 필요가 있는 마술사의 거점이 어디인지 정도는 서장도 명확하게 파악하고 있었다.

그리고 할리와 아인츠베른의 호문쿨루스, 두 사람은 그 거점 중 하나로 향하고 있는 것으로 추측되었다.

"공업지구…. 스크라디오 패밀리의 마인魔人과 접촉할 셈인가…?"

　　　　　　　　×　　　　×

　버즈디롯 코델리온이라는 남자는 꿈을 **의도적으로** 거절했다.

　자신에게 암시를 걸어 몸은 얕은 잠을 자도록 하고 뇌는 깊이 잠들도록 하여, 한 번에 불과 몇 분밖에 되지 않는 짧은 수면시간에 의한 장기간의 활동을 가능케 하고 있었다.

　적이 나타났을 때 기상과 동시에 곧장 움직일 수 있도록 하기 위한 조치로, 의식의 해체를 이용한 단기수면은 마술사들에게도 널리 퍼져 있는 간이마술의 일종이었다.

　뭐, 의식 해체는 자신을 한차례 죽이는 것이나 다름없기에 자주 사용하는 마술사는 한정되어 있었지만.

　세상에는 그 외에도 여러 가지 수면술을 구분해 사용하는 마술사 용병들도 있다고 들었지만 버즈디롯은 기본적으로 꿈을 싫어하기에 얕은 잠—렘수면을 좋게 여기지 않았다.

　그렇기에 버즈디롯은 의아했다.

　어느 순간부터 자신이 '꿈을 꾸고 있다'는 사실을 자각했기 때문이다.

　주변에는 저녁놀에 물든 바다가 펼쳐져 있었다.

　하얀 파도를 요란하게 가르며 황금빛 수면 위를 나아가는 거대한 배에 타고 있는 꿈.

하지만 그러한 생각은 곧 그의 머릿속에서 정정되었다.

이것은 꿈이 아니다.

자신의 것이 아닌 정보와 마력으로 구성된 기억의 공유현상
이다.

시점의 높이도 평소 자신의 것보다 상당히 높은 위치에 있었
다.

눈 아래로 보이는 금발의 남자가 이쪽을 향해 오만한 미소를
지은 채 입을 열었다.

『응? 나는 왜 너를 무서워하지 않냐고…? 뭘 그렇게 당연한
걸 묻고 그래. 그야 내가 신을 초월하는 지혜를 지닌 현자이기
때문이지.』

아마도 자신이 마력을 공급하고 있는 서번트—알케이데스의
기억이리라.

냉정하게 관찰해 보니 금발의 남자는 아무래도 고대 에게해
부근의 언어로 말하고 있는 것 같았는데, 영령이 세계로부터
얻은 현대지식의 영향인지 아니면 마력의 경로로 이어져 있는
자신의 영향인지 버즈디롯이 평소 사용하는 언어로 머릿속에
울려 퍼졌다.

기억의 주인—아마도 알케이데스로 추측되는 의식의 그릇은

고대라는 것이 믿기지 않을 정도로 호사스럽게 만들어진 배 위에 서 있었고 주변에는 여러 인물이 보였다.

　공유된 기억이라고는 하나 모두가 무시무시한 마력을 몸에 두르고 있는 것이 느껴져, 평범한 인간이라면 이 기억을 공유하기만 해도 정신에 지장이 생기리라고 버즈디롯은 생각했다.

『인간이란 기본적으로 생각이 모자라. 어리석은 자들 중 우두머리를 정해 임금님인 척하려 드니 나라는 아무리 시간이 지나도 통솔이 안 되고 전쟁이 일어나고 사람들은 굶주려. 그렇기에 나 같은 인간이 힘과 영광을 손에 넣어야만 해.』

　하지만 '힘'을 기준으로 말하자면 눈앞에서 연설 중인 금발 남자의 그것은 주변에 있는 자들만큼 농밀하지 않았다.

　모종의 가호를 받고 있는 듯한 기척이 느껴지기에 감각을 예민하게 해서 자세히 조사해 보니, 이 배 자체에 깃든 마력을 몸에 두르고 있는 것인 듯했다.

『너를 두려워하는 녀석들도 다들 구제불능의 바보야. 바보라 너라는 괴물을 이해하지 못하는 거지. 이해도 하지 못한 채 이용하기 위해 무서워하면서도 너를 영웅이라 칭송하는 거라고. 정말이지 하등한 녀석들이야. 신의 사자는커녕 마수조차 아닌

식인 늑대에게 산 제물을 바치며 알랑거리는 몽매한 녀석들과 다를 게 하나도 없어.』

낭랑하게 말하는 남자는 자신의 말에 취했다기보다는 자신의 말이 유일한 진실이라는 듯, '지극히 당연한 이야기'라는 투로 말하고 있었다.

주변에 있는 자들의 반응은 저마다 달랐는데, 눈을 빛내며 고개를 끄덕이는 자며 '또 시작이군'이라는 듯한 얼굴로 쓴웃음을 짓는 자. 뱃머리 근처에 있던 짐승의 기척을 두른 여성궁병에 이르러서는 노골적으로 '수상한 남자로군'이라는 생각으로 그득한 의심 어린 눈으로 금발의 남자를 쳐다보고 있었다.

그런 시선을 받고 있다는 사실을 모르는지, 아니면 알고도 시답잖은 일이라며 무시하고 있는 것인지 남자는 계속해서 말했다.

『내 나라는… 내가 만들 나라는 달라. 모든 국민에게 교육을 시킬 거야. 저 마구간보다 번듯한 배움터를 마을에 세워서 만인에게 나의 지식을 빌려 줄 거라고. 모든 사람들이 글자를 쓰고 읽고, 모든 사람들이 악랄한 상인에게 속지 않도록. 뭐, 그렇게 해도 뛰어난 나의 지혜에는 미치지 못할 테니 부족한 부분은 내가 메워 줘야겠지만 말이야.』

―수다스러운 남자로군.

버즈디롯은 별다른 감상 없이 남자의 연설을 계속 들었다.

본래 듣고 있었을 터인 알케이데스는 그저 말없이 상대의 장광설에 귀를 기울이고 있었다.

『무얼, 왕이 되려는 거니 그 정도 노동은 각오해야지. 모두가 내 말에 순순히 따라 주면 상응하는 대가와 번영한 나라를 주겠다 이거야. 그 누구도 불안하지 않아도 될 나라를. 그 나라에는 말이야…. 잘 들어, 그 나라에는 너를 보고 무서워할 녀석은 한 명도 없을 거라고!』

금발의 남자는 뭐라 말을 하려던 알케이데스를 제지하고 두 팔을 크게 펼치며 단언했다.

마치 자신의 말이 세계 그 자체의 의지라는 듯이.

『네가 내 부하이자 벗이자 **소유물**이라는 걸, 모든 사람들이 다 알 테니까.』

×   ×

그 부분에서 버즈디롯은 의식을 되찾았다.

주변에는 식육공장의 지하에 만들어진, 평소와 다름없이 살풍경한 마술공방이 펼쳐져 있었다.

자신이 의자에 앉아 있음을 확인한 그는 회중시계를 끄집어내 수면을 개시한 후로 정확히 5분이 경과했음을 확인했다.

얼마간 침묵을 지키던 버즈디롯은 조금 전에 보았던 광경을 고찰한 후, 천천히 자신의 판단을 입에 담았다.

"그래, 그것이 그 아르고호號의 선장인가."

그러자 마술공방의 공간 중 일부가 꿈틀대더니 짙은 마력의 덩어리가 사람의 형태를 이루어 현현했다.

영체화를 해제한 알케이데스가 마스터인 버즈디롯에게 물었다.

"방금 전에 한 말은, 무슨 뜻이지?"

"마력의 경로를 연결시킨 탓일 거다. 네 기억이 침식해 왔다. 배 위에서 잘난 척하는 애송이가 이상적인 나라인지 뭔지 하는 실없는 망언을 쏟아 내는 모습이 보이더군."

버즈디롯은 자신이 보았던 것과 그에 관한 솔직한 감상을 숨김없이 입에 담았다.

그러자 알케이데스는 잠시 입을 다물더니 큭큭, 하고 작은 소리로 웃고는 지나간 과거를 그리워하듯 고개를 가로저었다.

"…이상적인 나라라. 배 위에서 그런 수상쩍은 이야기를 입에 담을 것은 그 녀석밖에 없지.”

“시답잖은 남자로군. 요즘 시대였으면 우리 같은 자들에게 뼛속까지 이용당하고서 버림받을, 분수를 모르는 호구에 불과해. 너만한 대영웅이 어째서 그러한 남자의 배의 노를 저은 거지?”

버즈디롯은 담담한 투로 자신의 시점에서 본 인물평과 의문을 알케이데스에게 내뱉었다.

그러자 알케이데스는 지체 없이 답변했다.

“그 남자는, 인간의 나약함과 뒤틀림을 모두 내포한 중우衆愚의 화신이었다. 그것을 증명하듯 녀석은, 동료들에게 늘 ‘너희를 가장 잘 부릴 수 있는 건 바로 나야’라는 소리를 계속해 댔다. 아탈란테는, 그런 점을 탐탁지 않게 여겼지.”

아탈란테.

알케이데스와 함께 아르고호에 동승했다고 일컬어지는 여자 사냥꾼의 이름을 들은 버즈디롯은 그것이 조금 전 광경 속에 있던 여성일 거라고 추측했다.

“…하지만 그 남자는, 다른 이들이 괴물이라며 두려워하던 내게도, 렘노스의 여왕에게도, 끝내는 사람의 말을 이해하는 물가의 마물에게까지, 같은 꿈을 말했다. 녀석이 목적한 것은 신 따위가 아닌 왕이다. 아니, 녀석의 머릿속에서는 그 둘이 같았던 것일지도 모르지.”

말이 과한 듯 들리기는 했지만 모멸하려는 투는 아니었다.

"우리의 공통된 스승인 케이론의 가르침도 잊고, 그저 자신의 욕망을 성취하고자 부심하던 가련한 남자다. 하지만 그 남자가 내건 바보 같은 꿈에는 거짓이 없었다."

그야말로 과거에 꾸었던 꿈을 논하듯, 알케이데스는 아르고호의 선장이라는 남자에 관해 차근차근 입을 열었다.

"진흙과 욕망으로 뒤덮여 있던 그 녀석이야말로, 내가 본 가운데 가장 인간다운 인간이다. 내가 만에 하나 패한다면, 신들이 날린 저주나 번개의 업화가 아닌. 그러한 인간들의 끝없는 탐욕에 영혼이 불타 버릴 때일 거다."

"…꼭 그러기를 바라는 듯한 말투로군."

"바라다마다. 하지만 그것은, 나의 복수를 완수한 뒤의 일이다."

그는 내친김에 자신이 탔던 영광의 배—아르고호에 대한 감회를 입에 담았다.

"그 배야말로 진정한 마굴이다. 눈부신 빛을 내뿜으면서도 이면에서는 파괴에 욕망에 배신, 사람이 지닌 모든 업이 소용돌이치고 있었으니. 선장을 비롯해서 그 배에 동승했던 자들 중, **나를 죽이지 못할 자는 없었다**. 그 반대도 마찬가지지만."

"어지간히 그 배에 애착이 있는 모양이군."

완벽한 무표정으로 비아냥거림 섞인 말을 자아냈음에도 알케이데스는 그를 부정도 긍정도 하지 않고 담담히 그 선단의 장長이었던 자의 최후에 관한 이야기를 시작했다.

"그 남자는 이윽고 모든 것을 잃고, 고락을 함께했던 배의 잔해에 짓눌려 죽었다고 들었다만⋯ 어쩌면 그것이야말로 그 변덕스러운 배가 내린, 유일한 자비였을지도 모르겠군."

감회에 잠겨 말하는 알케이데스를 본 버즈디롯은 조용히 의문을 품었다.

─꽤나 혀가 잘 돌아가는군.

─과거를 떠벌리고 싶어 할 남자로는 보이지 않았는데⋯.

그 의문에 답하기라도 하듯 알케이데스가 활을 쥔 채 활고자로 바닥을 가볍게 두드렸다.

날카로운 타격음이 바닥을 울림과 동시에 알케이데스의 살기가 부풀어 올라, 소리의 파문과 함께 공방 안의 공기를 차갑고 날카롭게 진동시켰다.

"내가 지금까지 옛 이야기를 한 것은, 지금부터 네놈에게 말할 사실에 대한 의미를 공정하게 전하기 위함이다. 신을 자칭하는 무법자들처럼, 부조리한 죽음을 선사했다고 비난을 받고 싶지는 않으니 말이다."

"⋯무슨 소리지?"

알케이데스의 살기에 노출되고도 버즈디롯은 동요하지 않았다.

평범한 인간이었다면 정신은 둘째 치고 육체가 먼저 붕괴되지 않았을까 싶을 정도의 압력 속에서 알케이데스는 목소리 톤을 낮춰 마스터에 대한 '충언'을 입에 담았다.

"분명 녀석은 구제불능에 오만하고 분수를 모르는 어리석은 자였다만… 그래도, 나의 벗이다. 그 배에 타지도 않은 네놈이 경솔하게 폄하해도 될 자가 아니야."

그것은 직접적인 협박이었다. 버즈디롯은 만약 다시 그 선장을 폄하하는 발언을 하면 알케이데스가 가차 없이 자신에게 이를 드러내리라고 판단했다.

"과연, 알겠다. 사죄는 하지 않겠다만 두 번 다시 이 화제는 입에 담지 않겠다고 약속하지."

얼마간 침묵이 흐른 후, 알케이데스는 살기를 지우고 버즈디롯에게 등을 돌렸다.

그 등을 보며 버즈디롯은 이해했다.

어째서 그렇게 하잘것없는 대화를 나누는 광경이 마력의 경로를 통해 이쪽의 의식까지 흘러 들어왔는지를.

알케이데스라는 남자에게는 그 배 위에서 보낸 순간이 '신의 자식'이 아닌 '인간'으로 취급된 얼마 되지 않는 기간 중 일부였으리라.

그 밖에 후보가 있다면 유소년기나 훗날 죽을 운명인 처자식과 보냈던 시간일 것이다.

이렇게 징검돌처럼 떠오른 '알케이데스'라는 **인간**의 흔적이 쌓이고 쌓여 지금의 그를 형성하고 있는 것이리라.

─정말이지, 심하게 일그러졌군.

일그러뜨린 장본인이 그런 생각을 하며 동정도 멸시도 않은 채 향후의 무난한 운용을 위해 방금 전 나눴던 대화를 마음에 새겼다.

─그러고 보니 그 선장도 분명 영웅이었던가.

꿈이라는 형태로 보았던 금발의 청년에 대한 평가를 다소 상향수정하며 향후의 예정에 관해 생각하던 참에─식육공장의 지상 부분에서 공방 내에 비치된 통신장비로 연락을 해 왔다.

"…무슨 일이냐."

버즈디롯의 차가운 목소리에 1층에 있던 부하 마술사는 비명을 지르다시피 목소리로 답했다.

[아, 아인츠베른입니다! 아인츠베른의 호문쿨루스가 이곳에….]

부하의 말은 거기서 끊겼다.

격렬한 노이즈가 일더니 사람 한 명이 쓰러지는 듯한 소리를 끝으로 통신이 끊겼다.

"……."

버즈디롯은 말없이 일어나 지상으로 이어진 계단을 쳐다보았다.

알케이데스도 사태가 이상하다는 것을 알아챘는지 활을 집어
들며 중얼거렸다.

"…기척은 하나뿐이군. 하지만 뭔가가 여럿 있는 것 같다."

영웅으로서의 직감인지, 아니면 심안心眼 같은 것으로 감지한
것인지.

알케이데스는 자신이 느낀 작은 기척과 버즈디롯의 부하를
쓰러뜨린 자는 각각 다른 존재가 아닐까 생각했다.

그리고 그를 증명하듯—

뚜벅, 뚜벅. 위층에서 이쪽으로 내려오는 **두 사람 몫**의 발소
리가 들려왔다.

몇 초 후, 순백색 피부와 백은의 머리카락이 특징적인 여자
호문쿨루스가 공방에 나타났다. 그리고 마술사로 보이는 소녀
한 명이 그런 그녀의 뒤에 숨듯 몸을 웅크린 채 따라왔다.

버즈디롯과 알케이데스는 그제야 이해했다.

아인츠베른의 호문쿨루스로 보이는 여자에게서 아무런 기척
도 느껴지지 않은 것은, 그녀가 자신의 마력을 주변에만 순환
시키고 있기 때문임을.

반경 몇 미터짜리의 농밀한 마력 돔 앞에서 알케이데스는 말
없이 활에 손을 가져갔고, 버즈디롯은 태연자약한 표정으로 말

을 입에 담았다.

"아인츠베른의 인형이군. 이곳에는 무슨 일로 왔지?"

거의 감정이 담겨 있지 않은 버즈디롯과는 대조적으로, 여자 호문쿨루스는 희색이 도는 얼굴로 부드러운 미소를 지으며 대꾸했다.

"어머, 너, 그렇게 진흙투성이가 되다니… 이미 반쯤 인간이 아니구나?"

"그러면… 거기 있는 일그러진 영령이랑 함께 죽여 버려도 상관없겠지?"

×　　　　×

그 어슴푸레한 세계는 농밀한 숲의 기척으로 가득했다.

주변에는 빌딩처럼 거대한 삼나무가 하늘을 향해 몇 그루나 솟아 있고, 새로운 싹이 트는 것을 용납지 않겠다는 듯 짙은 나뭇잎 그늘로 대지를 두루 감싸고 있었다.

그 어스레함 속에 더욱 짙은 그림자가 떨궈져 있었다.

어두운 흙색을 띠고 있었지만 사실 그 내면은 짙은 마력과 생명의 광채로 가득했다.

점균처럼 꿈틀대는 그 흙덩이의 내부에서는 온갖 '말'이 반복되고 있었다.

정확히 말하자면 그것은 언어가 아니었다. '언어'의 덩어리인 그것은 막 태어난 흙덩이의 영혼에게 자신이 어떠한 존재인지를 각인시켰다.

　　—꿰어라, 그리고 이어라.

　　　　—너는 모든 것을 꿰뚫는 창이자 세계―우리의 섭리를 연결하는 사슬이다.

　　—네게는 완성된 인형이 될 소양이 있다. 그리고 그렇게 될 의무가 있다.

　　　　—우리가 지상의 오만함을 꾸짖기 위해 내던진, 최초이자 최후의 자비이다.

　　　　—인간이라는 종으로 하여금 자신의 역할을 상기하게 하라. 그리고 네가 인도해라.

　　　　—꿰어라, 그리고 이어라.

　　　　　—하지만 우선은 배워라.

　　　　—너는 알 필요가 있다.

　　　　　—인간이 무엇인지를.

　　　　　—엔릴의 숲에 우투가 '완전한 인간'을 창조해 놓았다.

─보라, 말하라, 그리고 그 형상을 본떠라.

─그리고 나면 니누르타가 네게 힘을 나
누어 줄 것이다.

─우르크의 숲에 던지기 전에, 우투가 만든 '사람'과 함
께 있어야만 한다.

─완성하라, 인형이 되어라.

─너는 모든 생명을 모방하는 흙덩이일지
니.

─말하라, 인간과.

─꿰어라, 그리고 이어라.

세계 그 자체는 흙덩이의 핵에게 수많은 말을 전하였다.

흙덩이는 그저 숲의 그늘 속에서 말이 명령한 대로 갈구하였
다.

사람을, 알아야만 한다.

우투가 창조했다는 '완전한 인간'을 만나야만 한다.

그리고 숲의 공기가 한층 더 깊고 차가워졌을 즈음─'그것'
이 흙덩이 앞에 나타났다.

내부에서 울리던 '말'이 부풀어 올라, 흙덩이의 본능은 그것
이 '완전한 인간'임을 알아챘다.

'그'도 '그녀'도 아닌, 한낱 숲속에 펼쳐진 진흙이 인식한 '그

것'은―

　온 세상을 계속해서 증오하는, 끝없는 원망의 소리를 내지르고 있었다.

×　　　×

　숲속.

　"왜 그래? 많이 괴로워하는 것 같던데."

　엘키두가 등을 살며시 쓰다듬는 것을 느끼며 마스터인 은랑銀狼은 천천히 눈을 떴다.

　그리고 빛이 들이치는 숲을 보고 안도하며 엘키두에게 자신의 머리를 비볐다.

　몇 번인가 끙끙대자 엘키두는 조용히 표정을 흐리며 진심으로 미안하다는 듯 말을 자아냈다.

　"…그래, 그건 분명 내가 **태어나기 전의** 기억일 거야. 무섭게 해서 미안해."

　엘키두는 은랑에게 그렇게 말하더니 가만히 눈을 감았다.

　그리고 이제는 먼 과거가 되어 버린 시대를 떠올리며 반쯤 혼잣말을 하듯 중얼거렸다.

"우투와 다른 신들도… 이슈타르와 에레쉬키갈 말고는 '그녀'를 진짜로 '완성된 인간'이라고 믿었어. 아니… 나도 '그녀'를 만난 뒤에 샴하트, 길과 만나지 않았다면 그렇게 믿었을지도 몰라."

서글픈 눈으로 말하는 엘키두를 위로하듯 은랑이 끄응, 하고 다정한 소리로 울었다.

엘키두는 그런 늑대에게 미소를 지어 준 후, 당시와는 조금 다른 별 하늘을 올려다보며 '신들'의 발자취에 관해 말했다.

"그 시점에서 이미, 바빌로니아 사람들과의 결별은 피할 수 없었던 것일지도 몰라."

×   ×

호텔 크리스털 힐. 최상층.

"으음…. 이 정도로는 우르크에 있던 방에 한참 못 미치는데."

"그럴 수가…. 이렇게 아름다운데도, 그렇습니까?"

티네 체르크가 놀란 투로 말하자 그녀의 서번트인 영웅왕은 다소 부루퉁해져서 단언했다.

"나의 창고에서 꺼낸 것이니 그야 당연하다. 집기품은 무엇할 것 없이 최상급이다. 허나 이 시대의 공기 그 자체가 나의 보물과 어울리지 않아. 본래의 방에 비하면 양도 한참 모자라고 말이다. 우르크의 번영을 표현하기에 이 방은 너무도 좁다."

그렇게 말하며 영웅왕이 둘러본 호텔의 스위트룸은 몇 시간 전과는 완전히 달라져 있었다.

알케이데스의 습격으로 창문이 파괴되는 등의 해프닝이 있기는 했으나 이곳은 스노필드 내에서도 최상급 객실로 꾸며진 방이었다. 가구도 침대도 일급품으로 평소 사막지대에 위치한 변두리 집락에서 사는 티네에게는 완전히 딴 세상의 물건이었지만―

어제 저녁, 우르크의 성채를 만든 이야기를 하던 영웅왕이 우르크라는 도시가 얼마나 완벽했는지를 말하기 시작하더니, 얼마쯤 지나 방을 다시 꾸며야겠다는 소리를 불쑥 꺼냈다.

아무래도 영웅왕은 티네 일행이 우르크가 얼마나 근사한 곳인지를 잘 이해하지 못한 것은 아닌지 걱정이 되었는지 검은 옷차림을 한 티네의 부하들에게 '가구를 모두 복도로 치우라'고 명령한 후, 자신의 창고에서 바빌로니아 시대의 여러 가지 장식품들을 꺼내기 시작했다.

티네는 그 아름다움에 눈이 휘둥그레졌다.

깔개는 마치 구름 위를 걷는 듯한 착각을 불러 일으켰고, 돌을 깎아 만든 것으로 추측되는 테이블 위에는 더없이 영롱한 빛을 내뿜는 식기가 늘어서 있었다.

자칫 잘못하면 상스럽다는 인상을 줄 수도 있는 황금 장식품들도 그 디자인이 주변과 조화를 이루어 마치 황금색으로 물든 보리밭을 응축시킨 듯, 소박한 아름다움을 내포하고 있었다.

검은 옷차림을 한 부하 중 한 명은 '…평소 영웅왕이 걸치고 다니는 갑옷이 제일 번쩍거리는 것 같은데.'라고 생각했지만 입 밖에 내었다가는 목숨이 달아나리라 생각해 식은땀을 흘리며 그 말을 몸속 깊은 곳으로 밀어 넣었다.

보석 중에서는 그다지 귀한 부류가 아닌 라피스라줄리도, 영웅왕의 창고에서 나타난 것은 티네가 지금껏 보아 온 것들과는 전혀 다른 것처럼 보였다.

티 없이 맑은 남색으로 뒤덮인 돌의 표면에 하얀 물결을 연상케 하는 결정물의 광채가 여기저기 퍼져 있어, 마치 진짜 바다를 돌 속에 가둬 놓은 듯한 착각이 들었다.

이 돌을 깨면 바다가 솟구쳐 나와 별과 생명이 태어날 것이다.

만약 영웅왕이 그렇게 말했다면 티네는 곧이곧대로 믿어 버렸으리라.

그 정도의 아름다움을 머금은 거대한 보석을 장식했음에도 영웅왕은 계속해서 '부족하다'며 불평을 늘어놓았다.

"역시 토대가 되는 왕궁… 아니, 마을 그 자체부터 만들어야 하나. 어떻게 생각하느냐, 티네여."

"우르크의 백성이 아닌 저희는 황송해서 그런 도시를 걷지도 못할 겁니다."

"멍청한 소리 마라. 한낱 돌바닥 위에 서는 것은 우르크의 백성인지 아닌지와는 전혀 상관이 없다."

티네의 말을 딱 잘라 부정한 영웅왕은 그녀를 내려다본 채 입을 열었다.

"내가 보기에는 누구 할 것 없이 잡종이다. 출생의 귀천 따위는 금박 한 장만큼의 차이도 되지 않지. 내가 우르크의 백성이라 인정하는 것은 스스로 황야를 개척할 의지를 지닌 자들뿐이다."

그러고는 우르크의 사람들이 떠올랐는지 다소 표정을 누그러뜨리고서 말을 이었다.

"술집 계집이었다가 제사장이 되어, 맹랑하게도 내게 호통을 쳐 나라를 재흥케 한 잡종도 있다. 경망한 여신—이슈타르를 신앙한 것만은 이해가 안 간다만, 그 역시 나의 백성으로서 바람직한 자세다."

"그러한 분이…."

"그 녀석뿐이 아니다. 우르크의 백성은 모두가 살려고 필사적으로 발버둥을 쳤다만, 그것을 고통스럽다고는 생각지 않았다. 나를 의지하고 숭상하는 자는 있어도 내게 아첨만 해대는 간사한 자는 없었다. 그러한 일을 획책하는 녀석들은 내가 선별할 것도 없이 황야에 널브러져 죽는다. 우르크의 백성이 살았던 것은 그러한 시대였다."

영웅왕은 거기까지 말하더니 창문으로 들이친 아침 햇살을 받으며 티네 쪽으로 시선을 돌렸다.

그러고는 특수한 마술을 사용하고 있는지, 한숨도 자지 않고 긴장을 늦추지 않고 있는 티네에게 다소 언짢은 투로 말했다.

"수면을 허락하마. 사람으로 태어난 이상은 자연스러운 형태로 본능의 욕구에 응하도록 해라."

티네가 어떠한 술식을 사용하고 있는지 꿰뚫어 보기라도 한 듯, 영웅왕은 부하를 치하하는 말을 입에 담았다.

"하, 하지만 왕이시여! 왕께서 주무시지 않고 일하고 계신데 저만 게으르게 잠을 청할 수는…."

"그렇다면 왕으로서 명령하마. 쉬어라. 일시적이라고는 하나 나의 부하를 과로사시키는 것은 왕으로서 창피한 일이다."

그래도 티네가 망설이자 영웅왕은 얼굴에서 표정을 지우며 말했다.

"말했을 터인데. 내게 신명을 바치는 것은 상관없지만 미숙한 영혼은 필요 없다고."

"……! 죄, 죄송합니다!"

몇 번이나 감사 인사를 하고서 침실로 사라지는 티네를 배웅한 뒤, 영웅왕은 방에 남은 검은 옷차림의 부하들을 바라보았다.

평소에는 자신들을 없는 사람처럼 취급하는 영웅왕이 그러자 검은 옷 부하들 사이에서 긴장감이 퍼져 나갔다.

"네놈들도 수고가 많다. 미숙한 어린 계집을 주인으로 모시는 게 괴롭지는 않으냐?"

"무, 무슨 말씀이십니까. 저희는 그런 생각을 한 적이 없습니다…."

가장 먼저 비굴한 미소를 짓는 남자를 본 영웅왕은 눈을 가늘게 뜬 채 생각했다.

―우선 하나.

영웅으로서, 폭군으로서, 현왕으로서, 그리고 영령으로서 수많은 인류를 보아 온 길가메시는 그 남자가 '내통자'라는 사실을 한눈에 간파했다.

하지만 그는 그것을 지적하기는커녕 티네에게 염화로 전달하려고도 하지 않았다.

―쥐새끼는 열 마리는 될 테고… 앞으로도 더욱 늘 테지.

속으로 큭큭 웃으며 아침 햇살을 반사하는 잔을 손안에서 놀리기 시작했다.

―뭐, 되었다. 이 녀석들은 나의 신하가 아니라 티네의 부하니.

―반역자들을 잘 처벌할지, 아니면 모른 채 등 뒤에서 칼을 맞을지….

―잡종이여, 네가 자신을 어린아이가 아니라 주장하고 싶다면 그에 걸맞은 마음가짐을 내게 보여 보아라.

―그 진가, 왕으로서 느긋하게 가늠하도록 하마.

그리고 그 누구에게도 들리지 않을 목소리로 즐겁게 혼잣말을 입에 담았다.

"잡종이여, 네가 역시나 평범한 어린아이라면 지금은 그냥 꿈에 젖어 있거라."

"설령 그것이 악몽이라 해도 현실보다는 낫지 않겠느냐?"

×   ×

꿈속.

창문으로 들이치는 아침 햇살을 맞으며 쿠루오카 츠바키가 눈을 떴다.

"좋은 아침, 새까망 씨!"

그녀가 말을 붙이자 천장을 뒤덮듯 서 있던 검은 거인이 기쁜 듯 꿈틀댔다.

창밖을 내다보니 참새가 지저귀고 있고, 고양이와 개가 사이 좋게 뛰놀고 있었다.

"츠바키, 일어났니? 아침 먹어야지?"

문이 열리더니 어머니가 나타났고, 복도에서 베이컨을 굽는 향긋한 냄새가 풍겨 왔다.

"응! 좋은 아침, 엄마! 지금 갈게!"

순진한 미소를 지은 채 츠바키가 답했다.

그것은 스노필드에 사는 사람들에게는 평소와 같은, 흔해 빠진 하루라 할 수 있었다.

츠바키가 간절하게 바랐던 그 일상의 막이 오늘도 열렸다.

"역시 다들 어딘가로 외출했던 거구나!"

아침을 다 먹고 동물들과 함께 산책에 나선 츠바키는 도시의 상태가 어제까지와는 다름을 알 수 있었다.

대로에는 때때로 차가 달리고 있었고 사람들의 모습도 드문드문 보였다.

츠바키는 거의 집에 틀어박혀 있었던 탓에 가족 이외의 지인은 그다지 없었다.

그래도 도시에서 사람이 없어졌다는 사실에 불안해 하고 공포에 떨었던 일을 기억해 내고는 새삼 길의 구석진 곳을 걷고 있는 '새까망 씨'에게 감사 인사를 했다.

"고마워, 새까망 씨. 새까망 씨가 없었으면 난 무섭고 배가 고파서, 분명 죽어 버렸을 거야."

어린 소녀의 말에 검은 그림자는 그저 일렁일렁 꿈틀댔다.

인기척이 드문 거리의 전봇대 뒤에서 일렁이는 검은 덩어리의 모습은 아무리 생각해도 호러 영화의 한 장면처럼 보였지만, 츠바키는 전면적으로 신뢰하듯 순진무구한 미소를 보냈다.

츠바키 본인도 어째서 그렇게 간단히 저 검은 덩어리를 받아들인 것인지를 알지는 못했다.

어리다고는 하나… 아니, 어리기에 본능에 따라 공포심을 가져도 이상할 것이 없었지만―츠바키는 직감적으로 그것이 안심해도 되는 존재임을 알아챘는지, 처음부터 무서워하지 않았다.

그리고 그녀 본인이 그것을 의문스러워한 적이 없기에 그녀와 검은 덩어리의 친화성에 관해 생각하는 자는 아무도 존재하지 않았다.

오늘, 이 순간까지는.

"있잖아, 나도 그 개랑 고양이 만져 봐도 돼?"

츠바키는 누군가가 갑자기 말을 걸어오는 통에 놀라 허둥지둥 고개를 돌렸다.

그곳에는 처음 보는 얼굴의 소년이 서 있었다.

나이는 츠바키보다 몇 살 정도 위로 보였다. 하지만 어른들이 보기에는 둘 다 '어린아이'라는 한 단어로 정리할 수 있는 외모를 지니고 있었다.

"으음…. 응, 괜찮아!"

소년의 말을 들은 츠바키는 당황하면서도 흔쾌히 소년을 받아들였다.

그녀는 알지 못했다.

소년이 나타난 순간, 검은 그림자—페일 라이더가 무언가를 경계하듯 그 몸을 크게 부풀렸다는 사실을. 그리고 츠바키가 소년에게 미소를 건넨 순간, 마치 안도한 듯 본래의 크기로 돌아갔다는 사실도.

한편, 소년 쪽은 그런 검은 덩어리가 꿈틀대는 것을 지켜보다가, 경계를 푸는 듯한 모습에 가슴을 쓸어내렸다.

—아아, 다행이다. 나를 츠바키의 편이라고 판단한 거구나.

—시스템 계열 서번트는 나도 완전히 움직임을 예측할 수가 없어서 엄청 긴장했네.

그런 생각을 하며, 소년은 개의 뺨을 쓰다듬으며 츠바키에게 천진난만한 미소를 지어 보였다.

"제스터."

"응?"

"내 이름은 제스터 카르투레야. 잘 부탁해!"

×   ×

어느 마술공방.

한 소녀의 꿈속에서 아이들이 해후하고 있다는 사실은 꿈에도 모른 채, 어두컴컴한 공방 안에서는 침대에 드러누운 흑막과 그 서번트가 사이좋게 과자를 먹고 있었다.

"우물우물…. 이거 맛있다. 그쪽 과자도 줘 봐."

"너무 많이 먹으면 살찔 텐데~?"

"영령이라 안 찌지롱~"

소녀―프란체스카의 충고에 소년의 모습을 한 캐스터―프랑수와 프렐라티는 의기양양하게 웃으며 과자 봉지를 뜯었다.

그런 그의 말을 들은 프란체스카는 우으, 하고 입술을 비죽거렸다.

"좋겠다아, 영령. 나도 돼 볼까? 지금부터 프란체스카라는 이름으로 뭔가 굉장한 일을 하면 영령이 될 수 있을까?"

"아마 나로 통합될 뿐일걸~ 그 이전에 지금의 너와 영령으로서 영령의 좌로 복사된 너는 기억이 같을 뿐인 다른 존재니 '영령이나 되어 볼까'라는 말 자체가 이상한 거지만 말이야. 뭐, 개중에는 산 채로 여러 시대로 소환되는 예외도 있는 모양이지만."

프렐라티의 말에 프란체스카는 일본의 과자인 도라야키*를 야금야금 베어 물며 고개를 갸웃했다.

"알트 짱도 거기에 속할까? 뭐, 아무렴 어때. 이번에는 안 왔는걸. 아아~ 스승님들이 약이 바짝 오를 거라고 생각했는데~ 알트 짱 괴롭히고 싶다~"

"스승님의 스승님이 탑 안에서 조금 불쾌한 표정을 지을 뿐, 그 정령들이 허둥대지는 않을 것 같은데."

"그러려나…? 그렇겠지이? 후유키에서 있었던 4차에서도 이래저래 난리도 아닌 것 같았지만, 결국 스승님들은 구하러 가지 않은 것 같았으니까."

"갈 필요도 없다고 생각했을 테고, 가고 싶었어도 무리였을걸. 브리튼이라면 모를까. 스승님들이 그 호수에서 망망대해를 건널 정도의 신비는 이 세계에 남아 있지 않으니까. 그야말로

※도라야키 : 카스텔라 반죽 사이에 팥소 등을 넣어 구운 빵.

세계의 텍스처라도 벗겨 내야… 어라?"

내용은 이해하기 어려웠지만 평범한 소년소녀 같은 분위기로 두 사람이 대화를 나누던 중—주변에 있던 무수히 많은 모니터 중 하나에 비친 영상을 본 소년이 과자로 뻗던 손을 멈췄다.

그것은 프란체스카의 장기짝인 마술사들의 거점을 멀리서 잡은 영상 중 하나로, 버즈디롯 코델리온의 마술공방이 있는 공업지대를 비춘 것이었다.

영상 속에는 공장 중 하나의 굴뚝이 천천히 무너지고—그때 일어난 흙먼지를 배경으로 꿈틀대는 심상치 않은 검은 그림자가 비치고 있었다.

"…뭐야, 저거? 괴수? 아니면 수정동굴의 큰 거미?"

프렐라티 소년은 침대 위에 고쳐 앉아 재미있게 되었다는 눈으로 그것을 쳐다보았다.

아무래도 거대한 그림자와 알케이데스가 전투를 벌이고 있는지, 공장 거리에 격렬한 파괴의 물결이 퍼져 나가고 있었다.

"거미가 깨어나기에는 너무 이르잖아. 브리튼의 저주받은 고양이일지도 몰라."

"고양이나 개처럼은 안 보이는데? 누가 거인족이나 픽트pics 족의 임금님이라도 소환한 걸까?"

그러던 프란체스카는 그 영상의 구석에서 허둥지둥 도망쳐 다니는 낯익은 얼굴을 발견했다.

"할리?"

멀어서 잘은 보이지 않았지만 다음 순간, 그 괴수 같은 그림자는 이리저리 튀는 잔해로부터 그녀를 지키듯 이동하여 모든 돌멩이를 받아 냈다.

자신이 준비한 장기짝이 어째서인지 버즈디롯의 공장에서 '무언가'를 폭주시키고 있다는 사실을 알아챈 프란체스카는 황홀한 미소를 지은 채 그 모니터에 매달렸다.

"어쩜, 어쩜어쩜. 굉장해할리진짜굉장해! 머릿수나 맞추려고 끼워 넣은 건데 뭔가 굉장한 걸 불러냈어! 저거 정말로 '그 영웅'이야? 그런 것치고는 마력량이 이상하지 않아?! 아아, 내장이 쑤셔~! 난 저렇게 예상 밖의 일을 저지르는 애가 너무 좋더라! 최고야! 나중에 꼭 끌어안고 케이크라도 사 줘야지!"

뺨을 붉힌 채 숨을 헐떡이는 프란체스카와는 대조적으로 소년의 모습을 한 서번트는 다소 부루퉁한 투로 마스터에게 항의했다.

"야아~ 화면 안 보여~"

그리고 사람들은 아침을 맞았다.

성배전쟁의 참가자들에게는 본격적인 싸움의 시작이라고 할 수 있는 아침을.

스노필드의 일반인들에게는 파멸의 시작이라고 할 수 있는 아침을.

막간
『소년은 신을 믿지 않는다』

늪지대에 자리한 저택.

한나절 정도 시간을 거슬러 올라.

"자, 벌써 첫 번째 시련이 찾아왔다."

'워처'라는 클래스를 지닌 영령의 그림자를 자칭하는 선장의 말을 듣고 고개를 돌려 보니, 시그마의 시선 끝에는 한 소녀가 서 있었다.

그것은 바로 시그마의 '적'인, 타인이 불러낸 어새신의 서번트였는데—시그마가 그 사실을 채 알아채기도 전에 소녀 어새신은 행동을 개시했다.

순식간에 시그마의 눈앞까지 닥쳐든 소녀 어새신이, 감정을 완전히 걷어낸 듯한 목소리로 물었다.

"네놈은… 성배를 추구하는 마술사인가?"

그렇게 말하며 이쪽을 쳐다보는, 어새신으로 추정되는 소녀를 마주 본 채 시그마는 순간적으로 자신의 죽음을 받아들였다.

눈앞에 있는 소녀는 농밀한 죽음의 기척을 두르고 있었다.

마치 마력 그 자체가 사람의 목숨을 앗아 가는 일에 특화된 듯한 기척을 느낀 시그마는 그 즉시 '아아, 이게 진짜 서번트구나.'라는 생각을 했다.

온몸의 근육이 도망치라고 외쳤지만 시그마의 미숙한 마력회로와 뇌에 새겨진 본능은 곧 '도망쳐 봐야 소용없다'는 답을 내

놓았다.

한마디라도 답을 잘못하면 자신은 목숨을 잃을 것이다. 자신의 서번트인 '워처'인지 뭔지는 하루 종일 이야기를 했음에도 전혀 정체를 파악할 수가 없었지만, 눈앞에 있는 소녀는 실로 심플해서 알아보기도 쉽다고 시그마는 냉정하게 생각했다.

싸우면 자신은 죽는다.

간단한 답이다.

지금까지 수많은 전투를 치러 온 자신의 경험과 본능이 눈앞에 있는 소녀의 힘을 긍정하고 있었다.

그렇다면 이 몸은 운명에 맡기는 수밖에 없겠다며 시그마는 냉큼 죽음을 받아들였다.

하지만 죽음을 받아들인다는 것은 결코 사는 것을 포기한다는 뜻이 아니다.

시그마는 '평소보다 죽을 확률이 높은' 상황 속에서 어떻게든 살아남을 방법은 없을지를 냉정하게 생각했다.

방금 전에 그림자를 자칭한 선장에게 '신에게 저항해라, 운명을 받아들이지 마라'라는 말을 들었기 때문인지는 모르겠지만, 사지死地를 돌파하기 위한 사고를 그만둘 생각은 없었다.

그리고 조바심이 난 어새신 소녀가 다시 한번 물으려 하기 직전에야 그는 물음에 대한 답을 입에 담았다.

"…절반은, 그럴지도 몰라."

"…절반이라고?"

"나는 마술사로서는 어중간해. 마술을 사용한다는 이유로 멸시당하는 일도 있지. 성배를 추구하느냐고 물었는데, 추구해야 할지 어째야 할지 망설이는 중이야."

"……."

어새신이 침묵하자 시그마는 반대로 물었다.

"이번에는 이쪽 질문에 답해 줘. 너는, 그 물음으로 무얼 판단할 셈이지?"

"당신이, 적인지 아닌지를 간파할 거다."

"이곳에서 적대하고 싶지는 않아. 네 마스터와 교섭하게 해주면 안 될까."

"…내게는, 마스터가 없다."

소녀 어새신의 몸에서 살기를 띤 마력이 흘러넘쳤다.

물어서는 안 될 것을 물었나 하는 생각을 하던 중, 옆에서 '선장'이 대화에 끼어들었다.

"애송이, 그러게 뭐랬냐. 워처의 힘을 활용했으면 지금처럼 부주의한 말은 나오지 않았을 거다. 그 계집은 어새신이지만 어느 흡혈종에게 소환되었지. 그래서 일단 그 마스터를 죽이고… 뭐, 흡혈종이니 죽지는 않았지만 현재 절찬 절연 중이라는 말이다. 지금이라도 '나는 흡혈귀 전문 청부업자다'라고 거짓말을 해 볼 테냐?"

옆에서 그렇게 큰 소리를 내면 어쩌냐고 생각하며 시그마는 말했다.

"교섭하고 있는 건 나야. 좀 조용히 해."

하지만 그 말을 들은 소녀 어새신은 의아하다는 표정을 지었다.

"…누구와 이야기하는 거지?"

"……?"

"…서번트인가. 마스터라는 말을 입에 담은 것도 그렇고, 역시 성배전쟁의 참가자였나…!"

어새신은 순식간에 몇 미터 거리를 펄쩍 뛰어 물러나 이쪽을 향해 날카로운 적의를 날렸다.

시그마는 '교섭은 무리인가.' 하고 경계 자세를 취한 채 등 뒤에서 들려오는 기계장치로 된 날개를 단 소년의 목소리를 들었다. "아아, 미안. 아무도 말 안 한 것 같은데…. 우리를 보거나 목소리를 들을 수 있는 건 워처의 마스터인 너뿐이야. 우리는 워처의 영향으로 네 뇌에 직접 떠오르는 그림자일 뿐이니까."

─제일 먼저 말했어야지.

마음속으로 원망을 쏟아 내면서도 시그마의 마음은 아직 냉정함을 유지하고 있었다.

상대가 어떠한 움직임을 취할지, 그것을 피할 기회는 있을지, 주변에 있는 테이블이며 의자를 방패나 눈속임으로 사용할 수 있을지, 여러 가지 생각을 동시에 머릿속으로 처리하며 상대의 움직임을 관찰하려 했다.

하지만 전신에 검은 로브를 두르고 있어, 근육이며 관절의 움직임으로 행동을 미리 파악할 수가 없었다.

시그마가 도주경로를 머릿속으로 그리기 시작한 참에 어새신의 입술이 움직였다.

"…광상섬영狂想閃影―자바니야…."

동시에 등 뒤에서 선장의 목소리가 들려왔다.

"머리카락이 올 거다, 조심해라."

"――?!"

시그마가 그 말의 의미를 이해함과 동시에 정말로 어새신의 후드 뒤에서 머리카락이 뻗어 나와 시그마의 목을 옭아매려 했다.

머리카락 하나 차이로 그것을 피하자 어새신이 눈을 가늘게 떴다. 아무래도 피할 줄은 몰랐던 모양이다.

실제로 선장이 귀띔해 주지 않았다면 자신의 움직임은 한발 늦어 머리카락에 목을 붙들렸을 것이다.

자신이 있던 자리 근처의 기둥 중 일부가 움푹 패이는 것을 보고서야 자신이 지금 확실하게 '사지'를 하나 벗어났다는 실감이 들었다.

동시에 또 다른 그림자—뱀이 엉켜 붙어 있는 지팡이를 든 소년이 시그마에게 말했다.

"저 여자는 열 개 이상의 보구를 여러 개 동시에 전개하는데, 새로운 보구를 사용하는 순간에 아주 잠시 움직임이 멈춰. 기회가 있다면 그때뿐일걸?"

—애초에 나 같은 상대를 죽이는 데 보구를 사용할 필요가 있을까?

무수히 뻗어 오는 머리카락을 피하고 있자니 그런 의문이 싹텄다.

그러자 그 의문에 답하는 형태로 선장의 목소리가 들려왔다.

"네가 아니라 서번트의 공격을 경계하는 거지. 뭐, 우리 그림자에게는 공격할 수단도 없는데 말이다."

크큭, 하고 웃는 선장의 말을 듣고서 시그마는 생각했다.

—동시 전개.

—그럼 저 머리카락처럼 상시 전개되는 보구를 발동시킨 건, 단발로 기술을 썼을 때 허를 찔리는 사태를 피하기 위해서군….

—공격을 위한 상시 전개 보구가 있다면 방어용 보구도 있다는 건가…?

"있어. 자신의 피부를 특수한 수정으로 만들어서 몸을 보호하는 보구가."

등 뒤에서 뱀 지팡이를 지닌 소년의 목소리가 들려온 순간, 시그마는 어새신의 후방을 쳐다보며 큰 소리로 외쳤다.

"지금이야, 찔러! **채플린**!"

"──?!"

갑작스럽게 들려온 공격 지시 같은 말에 어새신은 경계심을 끌어올리며 뒤를 돌아보았다.

"…단상체온斷想體溫─자바니야…!"

그리고 '찔러'라는 말을 통해 물리공격을 상상한 그녀는 모든 날붙이에 대응할 수 있게끔 보구를 발동시켰는데─뒤에는 아무도 존재하지 않았고 마력의 흐트러짐 같은 것도 느껴지지 않았다.

"──!"

함정임을 알아챈 그녀가 시그마 쪽으로 다시 고개를 돌린 순간─여러 군데 구멍이 뚫린 검은 통이 자신의 눈앞까지 육박해 있음을 깨달았다.

칼날로 변화시킨 머리카락으로 베어 내려 한 순간에 그 통이 파열되더니, 내부에서 한여름의 태양보다도 눈부신 빛이 솟구쳤다.

어새신을 향해 스턴 그레네이드—M84를 던짐과 동시에 시그마는 창문을 요란하게 깨며 밖으로 뛰쳐나갔다.

직후에 파열음과 섬광이 퍼졌지만 그때에는 이미 낙하를 시작한 뒤였다.

시그마와 어새신이 있던 방은 2층이었지만 시그마는 능숙하게 공중에서 자세를 바로잡아 고양이처럼 가볍게 착지했다.

—물리적인 스턴 그레네이드로 영령의 눈이나 고막을 손상시킬 수는 없겠지만, 순간적인 눈속임은 되었을 거야.

—기척도 지웠어. 이대로 일단은 피신을….

시그마는 상대가 기척감지 마술이나 능력을 지니고 있지 않기를 기대하며 몸을 일으켰지만 그 두 눈에 믿기지 않는 광경이 비쳤다.

섬광탄이 폭발한 방을 바라본 채, 두 귀를 부여잡고서 주저앉은 여성의 모습이 눈에 들어온 것이다.

—큭!

복장으로 미루어 민간인으로 보였는데, 이런 시간에 이러한 늪지대에 위치한 저택 앞에 민간인이 있는 모습은 부자연스럽기 그지없었다. 그렇다면 그녀가 바로 어새신의 마스터인 흡혈귀인지 뭔지가 아닐까?

그렇다면…. 등 뒤에서 선장의 목소리가 들려왔다.

"아니. 저건 어새신의 마스터가 아니다. 성배전쟁에 휘말려

든, 불쌍하고도 작은 아가씨지."

"……."

적어도 '그림자'들은 지금까지 거짓말을 하지 않았고, 거짓말을 할 이유도 없었다.

모든 것을 객관적으로 보고 있다는 '워처'의 정보를 토대로 시그마는 몇 미터 앞에 있는 소녀를 민간인으로 가정하기로 했다.

그리고 그런 '휘말려 든 민간인'에게 시그마는—

"도망쳐! 여기 있으면 전투에 휘말려 들어!"

희박한 감정이 깃든 목소리로 그렇게 외쳤다.

"……."

외친 후, 바로 후회에 사로잡혔다.

—무슨 짓을 하는 거야. 방금 전 외침으로 어새신에게 위치를 들켰을 텐데.

어릴 적 받은 교육대로 하자면 목격자 소녀는 신속하게 없애거나 그녀를 미끼 삼아 모습을 감추는 것이 정답이었을 터다.

—…워처의 영향을 받은 건가. 나도, 이미….

"이것 보셔. 남 탓하지 말라고, 형씨."

등 뒤에서 느긋한 '그림자'의 목소리가 들려왔지만 시그마는 그것을 무시하고 여성을 향해 달려 나갔다.

"강도가 저 집에서 농성 중이야. 내가 미끼가 될 테니 너는 빨리 도망….."

말을 끝까지 하기도 전에 검은 그림자가 시그마와 소녀 사이를 가로막았다.

"큭…."

그리고 어새신이 손날을 시그마에게 꽂아 넣으려던 순간—그 손을 옆에서 나타난 가죽점퍼 차림의 손이 붙잡았다.

"……."

어새신은 말없이 그 가죽점퍼의 주인공을 노려보았다.

그러자 그 가죽점퍼를 걸친, 붉은 머리가 섞인 금발의 남자가 밝게 웃으며 입을 열었다.

"방금 전 건 급소를 노린 공격이 아닌 것 같았는데, 죽일 생각은 없었나 보지?"

"…이 마술사는 나에 대한 살의가 없었다. 아직 죽여야 할지 말아야 할지 판단할 수가 없다. 하지만 성배전쟁의 마스터인 이상, 최소한 움직이지 못하게 할 필요는 있다."

어새신은 그렇게 말했지만 가죽점퍼 차림의 남자가 시그마를 보며 말했다.

"글쎄. 아야카를 보고도 적의는 전혀 없었어. 보통은 아야카가 어새신의 마스터라고 생각할 법도 한데 말이야."

"……."

금발의 남자는 입을 다문 어새신은 아랑곳 않고 아야카라 부른 소녀를 일으키며 시그마에게 물었다.

"나는 세이버의 클래스로 현현한 서번트야. 잘 부탁해."

냉큼 자신의 정보를 입에 담은 남자는 대담한 미소를 지은 채 말을 이었다.

"일단 이야기를 좀 할까? 그쪽이 살육전을 원한다면… 뭐, 성배전쟁이니 맞서 싸워 줄 수도 있는데…."

상대의 의도를 알 수가 없어 시그마는 경계하며 상대를 보았지만, '그림자' 중 한 명이 시그마를 손으로 제지하며 말했다.

"관두어라."

"……."

일본의 사무라이를 연상케 하는 차림새를 한 노령의 그림자가 빙긋 웃으며 시그마에게 말했다.

"눈앞에 있는 남자는 아마도 그 **어설트라이플**이라는 것의 탄환조차도 피할 수 있는 속도를 지녔을 거다. **지금의** 너로서는 승산이 없다. 하지만 사지를 돌파하는 시련으로 여겨 도전하겠다면 본인은 말리지 않으마."

마치 언젠가는 승산이 생길 거라는 투로 말하기에 시그마는 의아해졌지만, 이윽고 크게 숨을 토해 내고서 자신을 세이버라 밝힌 남자를 향해 고개를 숙였다.

"객실이 있어. …안내하지."

그리고 아직 혼란스러운 상태로 객실로 향하는 시그마에게 옆에서 걷던 선장이 신기하다는 얼굴로 물었다.

"그나저나 애송이. 아무 영웅의 이름이나 외치려 한 것일 테지만, 어째서 하필이면 희극 배우의 이름을 든 거냐? 심지어 나보다 오래되지 않은 시대의 인간을."

아마도 조금 전 어새신을 속일 때 외쳤던 것을 두고 하는 말이리라.

시그마는 등 뒤에서 따라오는 세 사람이 전혀 신경도 쓰지 않는 것으로 보아 정말로 '그림자'의 목소리는 자신에게만 들리는 것이리라고 확신했다.

그리고 시그마는 잠시 생각하다가 작은 목소리로 선장의 말에 답했다.

"…위인 중 가장 먼저 떠올라서."

"…과연. 클래식한 희극이 취미인가 보군. 의외인걸."

찰리 채플린에 관한 지식도 '워처'를 통해 알 수 있는지 선장은 크큭, 하고 웃었다. 그가 모습을 감춤과 동시에 뱀 지팡이를 든 소년이 동정 어린 눈으로 시그마에게 말했다.

"그러면 이 전쟁도 웃으며 끝낼 수 있도록 노력해 보자."

그 말을 들은 시그마는 입을 다문 채 걷는 속도를 높였다.

희극 영화는 몇 번이나 보았다.

누군가가 좋아하느냐 싫어하느냐 묻는다면 좋아한다 말할 것이고, 매번 감탄하기는 했지만 진심으로 웃어 본 적이 있느냐고 묻는다면 시그마는 도저히 고개를 끄덕일 수가 없을 것 같았다.

자신이 진심으로 웃는 모습을 상상할 수가 없었기 때문이다.

조금 전 세이버가 보였던 미소.

그것은 온 세상을 즐기는 듯한 미소처럼 보였다.

죽어서도 계속 싸우는 영령이 어째서 그런 미소를 지을 수있는 것인지ー

아무리 생각해도 답이 나오지 않아, 시그마는 조용히 마음을죽였다.

미소를 짓는 자들에 대한 질투도 동경도, 지금의 자신에게는쓸모없는 것이라 생각하며.

애초에 자신에게 웃을 자격이 있기는 할까?

근본적인 의문을 마음에 품은 채, 그는 새로운 시련에 발을들여놓으려 하고 있었다.

모든 것을 꿰뚫어 본다는 워처와 계약을 맺었으면서도 자신의 마음 하나 꿰뚫어 보지 못한다는 사실에 약간 짜증을 내며.

시그마는 새삼 생각했다.

자신은 아무것도 믿지 않는다.

신도 부처도, 악마조차도.

어쩌면 그중 어느 하나에게 자신을 맡기면 웃을 수도 있지 않을까 싶었지만—

자기 자신조차 믿을 수가 없는 자신에게는 아무것도 바칠 것이 없음을 깨달았다.

시그마는 자신의 내면에서 '이건 바칠 만한 가치가 있다'는 생각이 드는 것을 끝내 떠올리지 못했다.

11장

『2일차. 오전.
황혼에서 돌아온 신』

식육공장 지하.

"죽여도 상관없냐고? 그 말을 받아들일 수 있는 인간이 있기는 할 것 같나?"

버즈디롯은 표정 하나 바꾸지 않고 침입자인 호문쿨루스에게 말했다.

한편, 그녀는 진심으로 이상하다는 듯한 표정으로 고개를 갸웃했다.

"어? 내 말을 못 받아들이겠다면 그 시점에서 바로 인간 취급 안 해도 될 것 같은데…."

농담이나 비아냥거림처럼은 들리지 않았다.

이 시점에서 이미 전혀 이야기가 통할 것 같지가 않았지만, 버즈디롯은 무표정한 얼굴로 상대에 대한 정보를 캐내기 위해 대화를 이어가기로 했다.

알케이데스는 실체화한 채 등 뒤에서 대기 중이었다.

마스터 쪽이 앞에 나와 있는 것이 이상하게 느껴지기는 했지만, 알케이데스의 주요무기가 활인 탓에 후방에서 전체를 내다보는 편이 좋으리라고 양쪽 모두가 판단한 모양이었다.

"그게 아인츠베른이 만든 호문쿨루스의 사고방식인가?"

고등한 호문쿨루스는 자신을 인간보다 상위의 존재라 생각할 가능성이 있었다.

아인츠베른에 관해서는 프란체스카에게 이런저런 이야기를 들은 바가 있었다. 하지만 이야기로 들었던 호문쿨루스의 사상 경향과는 차이가 있는 듯한 기분이 들었고, 애초에 그녀가 몸에 두르고 있는 기운은 버즈디롯이 아는 호문쿨루스의 그것과 달랐다.

"아아. 아인츠베른이란 게 이 '그릇'을 만든 사람들을 말하는 거야? 우리만큼은 아니지만… 뭐, 그럭저럭 잘 만들었네."

"…그릇이라고?"

"그래, 이 그릇이 없었다면 다른 인간에게 억지로 빙의해야 했겠지만… 그러면 영혼이 뒤섞여서 기억이랑 인격이 불안정 해지거든. 이 몸은 그게 없어서 좋아. 꼭 처음부터 신의 그릇으로 쓰기 위해 만들어진 것 같아."

신의 그릇.

버즈디롯은 여자가 그 단어를 입에 담은 순간, 등 뒤의 공기가 싸늘해짐을 느꼈다.

알케이데스가 활을 움켜쥔 채 여자에게 물었다.

"…신의 그릇, 이라고?"

"그래."

"그렇다면, 네놈은 신이라도 된다는 것이냐?"

"여신이지만 말이지…. 아, 잠깐?!"

말 떨어지기가 무섭게 아인츠베른의 호문쿨루스의 눈이 휘둥그레졌다.

그리고 굉음이 버즈디롯의 옆을 지나쳤다.

질풍이 방 안에서 솟구치더니, 죽음을 두른 화살이 공방 안의 마력을 빨아들이며 '여신'을 자칭한 여자에게로 날아들었다.

여자는 당황스러운 표정을 짓기는 했으나 그 즉시 손에서 마력을 방출하여 화살을 감쌌다.

그러자 마치 공중에 보이지 않는 레일이 깔리기라도 한 듯, 화살은 빙글빙글 몇 십 바퀴나 그녀의 주변을 돌기 시작했다.

그리고 기세를 그대로 유지한 채, 알케이데스가 쏜 화살이 버즈디롯에게 다시 날아갔다.

"……."

버즈디롯은 슬쩍 머리를 옆으로 기울여 종이 한 장 차이로 화살을 피했다.

충격파가 피부며 고막, 안구를 덮쳤지만 마술로 강화된 몸의 표면이 그것을 우악스럽게 튕겨 냈다.

그리고 뒤에 있던 알케이데스가 그 화살을 한 손으로 붙잡자, 공기의 진동이 다소 늦게 마술공방 안을 뒤흔들었다.

일련의 흐름을 지켜본 버즈디롯은 눈을 가늘게 떴다.

—특별한 마술은 아니군. 순수하게 마력만을 컨트롤해서 알케이데스의 화살을 흘려 넘겼나.

이 시점에서 버즈디롯과 알케이데스는 눈앞에 있는 여자가 호문쿨루스 마술사일 것이라는 생각을 버렸다.

정체는 알 수 없는 데다 상대의 '여신'이라는 자칭이 올바른지 어떤지도 판단을 내릴 수가 없었지만, 적어도 서번트에 필적하는 힘을 지닌 '무언가'라고 생각해야 하리라.

등 뒤에 있는 알케이데스도 같은 판단을 내렸는지 뜨거운 증오의 일렁임이 마력의 경로를 통해 전해져 오기에 버즈디롯은 어떻게 알케이데스를 제어할지 고심하기 시작했다.

자칭 여신과 복수자가 그런 버즈디롯은 개의치 않고 말을 나누었다.

"예의가 형편없네. 신을 쏴 죽이려 하다니, 동쪽의 황제만큼이나 오만한걸?"

"누구더러 예의가 없다는 거냐. 나의 눈앞에서 여신을 자칭하는 여자여. 무슨 목적으로 우리의 거점에 흙발로 들어선 것이냐."

"어머, 이건 성배전쟁이잖아? 나는 마스터도 서번트도 아니지만 어느 진영의 편을 들어줄지는 내 마음인걸? 그리고….""

거기까지 말한 호문쿨루스의 눈이 요사스럽게 빛나더니 손으로 화살 같은 형태의 광탄光彈을 대량으로 만들어 냈다.

"마음에 안 드는 대항 세력을 제거하는 걸 돕는 건, 당연한 일이고."

가벼운 투로 말을 내뱉기는 했으나 그 목소리에는 감정이라

할 수 있는 것이 실려 있지 않았다.

여자가 마치 인간의 흉내를 내는 기계인형 같은 분위기를 풍긴 순간, 화살의 형태를 띤 무수한 마력의 덩어리가 버즈디롯과 그 뒤에 위치한 알케이데스에게 날아들었다.

하지만—

그 광탄은 버즈디롯의 눈앞에서 소실되어 전혀 다른 장소에서 나타나더니, 그대로 호문쿨루스에게 날아들었다.

"……."

여자는 말없이 손을 한차례 아래로 휘둘렀다.

그러자 모든 화살의 궤도가 아래로 휘어져 마력으로 분해되며 바닥에 닿기 전에 안개처럼 사라지고 말았다.

"고, 공간의… 미로화…."

그때까지 여신을 자칭하는 존재의 후방인, 입구 뒤에 숨어 이쪽을 들여다보던 마술사가 그런 말을 입에 담았다.

동료로 보이는 그 여자 마술사의 말을 들은 여신은 대담한 미소를 지으며 입을 열었다.

"헤에~ 이제야 결계를 발동시킨 거야? 상대가 눈앞에 나타나서야 미궁을 만들다니, 느긋하기도 하네."

여신이 자신을 무시하는 듯한 투로 말하자 버즈디롯은 담담하게 답했다.

"아니. 이게 본래의 사용법이다."

버즈디롯은 무표정하게 두 팔을 펼치더니, 두 손에서 마력을 방출시켰다.

그러자 지하창고의 천장이 꿈틀대며 열리고 푸른빛이 섞인 아침 하늘이 보였다.

다음 순간, 나선형으로 뒤틀려 열린 천장에서 차례차례 흉악한 마수들이 나타나 자유낙하를 개시했다.

마치 공장 자체가 거대한 육식동물이 되어 내부에 있는 자들을 그대로 집어삼키려는 듯이.

그때까지 필리아의 등 뒤에 숨어 있던 할리가 그것을 보고 중얼거렸다.

"…마, 말도 안 돼…. 이런 대규모 방어기구를 갖추고 있었다니…."

─일부를 이계화異界化시킨 건가…?

─이런 규모의 방어기구를 만들 수 있는데 어째서 처음부터 전개하지 않았던 거지…?

할리가 거기까지 생각한 참에 필리아가 입을 열었다.

"헤에~ 그렇구나."

그러고는 내려오는 마수들을 귀찮다는 표정으로 쳐다보며 담담하게 상대 공방의 특성에 관해 말했다.

"침입을 막기 위한 게 아니야. 이 공방은 처음부터 안에 들어

온 녀석을 내보내지 않게끔 만들어진 것 같아. …만든 녀석의 성격이 얼마나 꼬였는지가 훤히 보이네."

그렇게 말한 필리아는 씨익 웃더니 그대로 낙하하는 마수들에게 손을 뻗어─요란하게 마력의 화살을 날려 댔다.

×　　　×

콜즈맨 특수 교정 센터.

"…공업지구의 공방이 작동했다고요?"

부하의 보고를 받은 팔데우스가 모니터룸 한쪽 구석으로 걸음을 옮겼다.

현재, 그의 서번트인 어새신은 가르바로소 스크라디오를 암살하기 위해 서쪽 해안에 위치한 스크라디오 패밀리의 본거지로 향했다.

따라서 팔데우스는 현재 무방비한 상태였고, 서번트가 돌아올 때까지는 공방의 방어와 정보수집에 전념할 생각이었다.

이렇다 할 커다란 움직임이 없기를 바랐지만 그 기도는 세계에 도달하지 않았는지, 이른 아침부터 갑작스러운 움직임이 여럿 포착되었다.

우선 경찰서를 습격했던 어새신으로 추측되는 서번트가, 시그마가 현재 거점으로 삼고 있는 저택으로 돌아왔다. 게다가 세이버와 그 마스터로 추측되는 여자까지 찾아와서 현재 객실에서 자고 있다는 듯했다.

　―영문을 모르겠군.

　처리할 수 있겠느냐고 시그마에게 묻자 어새신이 자신을 경계하고 있어 어렵겠다는 답이 돌아와서, 일단은 상대의 정보를 캐내며 영웅왕과 그 맹우이자 동등한 힘을 지닌 것으로 추측되는 랜서 등을 상대하기 위한 공동전선을 제안해 보라고 지시를 내렸다.

　하지만 그러던 도중, 팔데우스는 더더욱 큰 혼란에 빠지게 되었다.

　결국 자신이 계약한 서번트의 정체는 알아냈느냐고 묻자 몇 초간의 침묵 끝에 돌아온 답이 너무도 상식의 범주를 벗어난 것이었기 때문이다.

　[…채플린입니다. 랜서 찰리 채플린. 그것이 제가 소환한 영령입니다.]

　"……. …미안하군, 다시 한번 말해 주겠나?"

　[랜서 찰리 채플린입니다. 보구 등은 추후에 물어보겠습니다. 영주를 써서 강제적으로 묻는 것은 좋은 방법이 아니라 판단되

니까요. 그럼 실례하겠습니다.]

  그렇게 통신이 끊긴 탓에 팔데우스는 얼마간 머리를 싸쥐어
야만 했다.

  ―채플린.

  ―…뭐야, 그게. …말이 되는 소리인가?!

  ―랜서? 희극왕이? 어째서?

  ―거짓말인가? 아니, 하지만… 그렇다 해도 채플린은 좀 아
니지 않나?

  ―대체… 이 성배전쟁에서는 무슨 일이 일어나고 있는 거
지…?

  한창 당황하고 있던 참에 이번에는 '스크라디오 패밀리의 복
합마술공방이 발동했다'는 보고가 들어왔다.

  "…이래서 프란체스카 씨에게 인물 선정을 맡기는 데 반대했
던 겁니다."

  팔데우스는 당초에 시계탑의 각 파벌과 뒷거래를 하여 그에
속한 마술사를 일시적으로 차출할 생각이었다.

  창조과―발뤼에의 어거스트 헨릭 아스플룬드, 광석과―키
슈아의 크래스트 레니 베그너, 전체 기초과―미스티르의 발레
이아 사이클피, 그리고 동물과―키메라의 미자리아 클로우램
등, 후보는 얼마든지 있었다. 팔데우스는 당초에 그러한 마술

사다운 마술사들, 그러면서도 이쪽이 완전하게 컨트롤할 수 있는 수준의 자들을 뒤에서 조종할 계획이었다.

하지만 전체의 방침이 시계탑을 완전히 적으로 돌리는 방향으로 정해진 탓에 프란체스카의 중개로 이런저런 '무소속'이 마스터로 참전하게 되었다.

그들 마스터 중 어느 정도 팔데우스와 접촉이 있었던 시그마조차도 조금 전과 같은 혼란을 몰고 왔다.

할리가 아인츠베른의 호문쿨루스의 인도로 버즈디롯의 공방으로 향했다는 보고를 들었을 때에는 '어새신을 멀리 보낸 건 실수였나.' 하고 한탄했을 정도였다.

—영주를 사용하면 강제전이도 가능하다지만 과연 서쪽 해안에서 이곳까지의 전이가 가능할지.

진짜 성배전쟁이라면 모를까, 이것은 온갖 무리와 억지를 쌓아 올려 성사시킨 거짓된 의식인지라 어떠한 불특정 요소가 발생할지는 흑막 측에 있는 팔데우스조차도 예측할 수가 없었다.

—그나저나 할리 볼자크…. 버즈디롯에게 공동전선을 제안하러 갔나 했더니, 설마 느닷없이 전투를 개시할 줄이야.

—아니, 아인츠베른의 호문쿨루스가 벌인 일인가….

머리가 아프다며 한숨을 내쉰 순간. 부하인 여성 마술사, 알드라가 말을 붙여 왔다.

"공방을 최대한으로 전개하고 있는 듯합니다. 동시에 공장지구 전체에 사람을 물리는 결계를 펼친 것 같습니다만, 만약을 위해 바깥 가장자리에도 사람을 물리기 위한 조치를 취해 두었습니다. 조금 전에 경찰서장에게서 '클랜 칼라틴'을 몇 명 보내겠다는 연락도 왔습니다."

"알겠습니다. 섣불리 다가가지 않는 편이 좋겠군요. 휘말려 들어 공방에 먹힐지도 모르는 일이니."

"…저렇게까지 거대한 공방에 결계와 이계화 처리를 하다니, 믿기지가 않네요."

"아아, 저건… 이계화에 사용하는 면적은 그렇게 넓지 않습니다."

의아해 하는 부하에게 팔데우스는 가볍게 설명을 해 주었다.

"후유키에서 있었던 제4차에서는 그 '선대' 로드 엘멜로이가 호텔의 통로 일부를 이계화시킨 미궁을 자신의 공방으로 만들었다고 들었습니다. 그만한 마술사가 자신에게 최적화시킨 마력로를 세 대 동원했는데도 그게 한계였지요. 먼 옛날의 고명한 미궁마술사, 고백 알카트라스라면 모를까, 마술사가 마을의 한 구획 전체를 이계화시키는 일은 불가능할 거예요."

팔데우스는 고개를 가로저으며 담담히 상황을 설명했다.

어쩌면 자신이 아는 지식을 말함으로써 현재의 혼란으로부터 자의식을 보호하려는 것일지도 모른다.

"버즈디롯은 공방을 **기동시킨 것**에 불과합니다. 실제로는 스크라디오 패밀리 마술사들의 복합마술이죠. 풀가동시키고 있다면, 버즈디롯 본인도 밖으로는 못 나올지도 모르겠군요."

"복합마술이오⋯?"

"네, 여러 마술사들이 자신의 특기분야를 제공해 만드는 산물이죠. 이계화, 환술, 결계, 마수 설치, 각각의 마술이 복잡하게 뒤엉켜 있어요. 공방 하나하나의 방어력은 '선대' 로드 엘멜로이에 못 미치지만 심상치 않은 마력을 지닌 버즈디롯이 타인의 공방까지 억지로 기동시킨 덕에 저런 곡예 같은 일이 가능한 거죠."

모니터 너머에서 **꿈틀대는 식육공장**을 바라보며 팔데우스가 말을 이었다.

"저 식육공장**뿐**만이 아닙니다. 주변에 자리한 공장들에도 모두 스크라디오 패밀리 마술사들의 손길이 미쳐 있거든요. 그것들이 모두 저 식육공장의 마술공방을 보좌하는 형태로 기능하고 있으니 어지간히 우수한 마술사라도 저 상태의 공방에서 탈출하기는 어려울 거예요."

"그럼 아인츠베른의 호문쿨루스와 할리 양에게는 방법이 없을 거라는 겁니까?"

"설마요."

불과 조금 전까지 공방을 칭찬하던 태도는 어디로 가 버렸는지, 팔데우스는 부하의 말을 딱 잘라 부정했다.

"그분들만 들어간 거라면 모를까, 할리 씨가 소환한 영령이 있다면 이야기가 전혀 다르죠. 좀 전에 말했던 후유키의 호텔 공방은 호텔과 함께 파괴되었다는 모양이지만, 마술에 조예가 깊은 영령이 미궁에 들어갔다면 시기의 차이는 있을지 몰라도 돌파당했을 겁니다."

팔데우스의 이 의견은 10년 전까지 가지고 있었던 그 자신의 생각과는 정반대되는 것이었다.

아무리 영령이라 해도 현대의 미궁화된 공방을 돌파하기란 어려울 것이며, 뭔가 꼼수라도 써야 돌파할 수 있으리라 생각했던 것이다.

하지만 조상이 남긴 인형의 데이터―후유키에서 있었던 제3차 성배전쟁의 '기억'을 살피고, 실제로 핫산 사바흐라는 영령과 접촉한 지금은 알 수 있었다.

저 정도 미궁은 우수한 힘을 지닌 영령 앞에서는 소용이 없으리라는 것을.

―뭐, 후유키에서 벌어졌던 3차의 '기억'에 있었던 그 약해빠진 어벤저에게는 무리일지도 모르겠지만….

그런 생각을 하며 팔데우스는 모니터로 시선을 옮겼다.

"어쨌건 공방을 돌파하기 위해 서번트를 불러낸다면 저희야 좋죠. 어떠한 능력을 지녔는지 관측할 좋은 기회니까요."

식육공장을 높은 곳에서 내려다보는 사역마의 시야가 그대로 비친 모니터에서 눈을 떼지 않은 채, 팔데우스는 또 하나의 안건을 살피기 위해 부하에게 통신을 연결했다.

"…'가축'이 '가시덤굴'에게. 그쪽 상황은 어떻습니까?"

[움직임은 없습니다. 저택 내부에서 관측된 인간으로 추정되는 열원 반응은 둘. 마력 반응으로 미루어 서번트도 둘 현현한 듯합니다.]

"둘… 시그마가 소환한 영령까지 합치면 영령은 셋이 있어야 할 텐데… 누가 영령화를 한 거죠?"

[모르겠습니다. 2층 창문으로 세이버로 추정되는 서번트는 확인했습니다만, 마력 계측 결과가 묘하게 불안정해서… 마치 여러 영체가 포개어져 있는 듯하다고 해야 할지….]

팔데우스는 우물거리는 부하에게 그대로 상세한 보고를 받으려 했지만—

"불안정해요? 무슨 뜻입니까, 자세한 수치를…. ……?"

[왜 그러십니까?]

갑자기 말을 멈추자 부하가 이상하다는 듯 물었지만 팔데우스의 귀에는 들리지 않았다.

그의 시선 끝—식육공장의 감시영상 안에서 있을 수 없는 것이 꿈틀대고 있는 게 보였기 때문이다.

"…'가축'이 '가시덤굴'에게. 그 현장에는 최소한의 인원만 남기고 당장 공장지구로 향해 주십시오."

최소한의 지시를 내리고서 통신을 종료한 팔데우스는 모니터를 노려보았다.

할리가 무슨 영령을 소환할 셈이었는지는 팔데우스도 알았다.

나라를 경유해 촉매를 준비해 준 것은 다름 아닌 팔데우스였기에.

하지만 방금 전에 본 '무언가'는 그가 예상했던 것과는 전혀 다른 형태를 띠고 있었다. 영령이라고 하기에는 짐승이나 곤충에 가까운 모습을 하고 있었던 것이다.

게다가 온몸이 톱니바퀴며 피스톤, 와이어와 케이블로 둘러싸여 있고 작은 조립식 건물 정도는 짓밟을 수 있을 정도로 거대한 '그것'을 본 팔데우스는, 눈살을 찌푸리며 혼잣말을 했다.

"할리 씨…. 당신은 대체, 뭘 불러낸 겁니까…?"

×   ×

몇 분 전. 식육공장.

"마스터여. 이 결계는 이쪽의 움직임도 저해하나?"

말투는 냉정했지만 알케이데스는 기회만 있으면 온 힘을 다해 움직일 셈인 듯했다.

좌우간 그에게 불구대천의 적이라 할 수 있는 존재—요컨대 '신'을 자칭하는 여자가 나타났으니 그럴 만도 하리라.

버즈디롯은 그를 나무라거나 제지하지 않고 여자와 알케이데스 사이에 선 채 담담히 말했다.

"지향성은 있지만 완벽하지는 않다. 하지만 너라면 다소의 저해는 문제없을 텐데? 여신을 유린할 힘이 있다면 여기서 내게 보여 봐라."

"…그러도록 하지."

그리고 알케이데스는 '하늘에서 쏟아지는 마수들'을 계속해서 흘려보내는 여신에게 일격을 가하기 위해 변형되고 있는 식육공장의 위쪽으로 이동을 개시했다.

동시에 버즈디롯도 움직이기 시작했다.

그는 품속에서 울퉁불퉁한 권총을 꺼내 들고 여자 호문쿨루스와 함께 나타난 여자 마술사를 향해 천천히 걸어 나갔다.

"아…."

할리는 자신 쪽으로 다가오는 마술공방의 주인과 눈이 마주치자마자 온몸에서 핏기가 가시는 듯한 감각에 사로잡혔다.

오로지 사람을 죽이기 위해 만들어진 합성마수로 전락한 이 같은 분위기를 내뿜는 버즈디롯의 시선을 받은 할리는 자신이 돌아오지 못할 곳까지 와 버렸음을 새삼 실감했다.

물리적으로도 밖으로 돌아갈 수가 없고 입장상 일을 돌이킬 수도 없다.

분위기에 휩쓸려 이곳에 오고 만 것이 후회되기는 했지만 한편으로는 어차피 필리아가 없었더라면 이미 목숨을 잃었으리라는 생각도 들었다.

그렇다면 건진 목숨으로 무엇을 해야 할까?

그렇게 생각한 순간 떠오른 것은— 역시 마술세계에 대한 복수였다.

"……."

자신의 '과거'를 떠올리자 할리의 눈에 가득했던 공포의 빛이 옅어지고, 머릿속에도 서서히 냉정함이 돌아오기 시작했다.

마술세계를 증오하는 소녀이기는 했으나 이렇게 감정을 전환할 줄 아는 시점에서 이미 그녀는 마술사로서 재능이 있다고 할 수 있으리라.

어쨌건 그녀는 이곳에서 살아남기 위해 자신에게 주어진 모든 것을 사용할 각오를 마음속으로 굳혔다.

—아아, 그렇지.

—처음부터, 이 세계에서 날뛸 만큼 날뛰고 사라질 생각이었는데.

—난 왜 겁을 냈던 걸까.

마음이 바뀌었음을 알아챘는지 버즈디롯이 걸음을 멈추더니 할리에게 총을 겨누며 물었다.

"이곳에 온 건, 네 지시였나?"

"…필리아 씨의 제안이었어요. 저는… 따라온 것뿐이고."

"그렇군. '저것'은 필리아라고 하나. …'저것'은 뭐냐?"

할리는 역시나 필리아의 이상성이 신경 쓰이는 눈치인 버즈디롯에게 고개를 가로젓고는 자신을 향한 총구에 정신을 집중하며 말했다.

"제 은인이에요. 아는 건 그것뿐이고, 지금은 그 사실 말고는 아무것도 필요 없어요."

그 말이 들렸는지 떨어진 곳에서 마수들을 처치하던 필리아가 깔깔대고 웃었다.

"어머, 좀 전까지 그렇게 겁에 질려 있더니 꽤나 기쁜 소리를 하네. 뭐, 내 매력을 알아챘다면 굳이 날 이해하려 들 필요는 없겠지."

그런 그녀의 사각으로, 어딘가에서 날아온 화살이 접근했다.

하지만 조금 전과 마찬가지로 그녀가 두른 농밀한 마력이 궤도를 어긋나게 하여 그대로 쏟아져 내리는 마수들에게 내던졌다.

화살에 맞은 마수가 산산조각으로 박살 나자 그 피보라에 숨는 모양새로, 아처로 추측되는 버즈디롯의 서번트가 쏜 화살이 다시 날아들었다.

"몇 번을 해도 소용…?!"

필리아는 말을 중간에 끊고 숨을 죽였다.

언제 쏜 것인지, 활짝 열린 천장으로 보이는 하늘에서 수십 발의 화살이 날아드는 광경이 그녀의 눈에 비쳤다.

하지만 정확하게 필리아를 향해 떨어지는 그 궤도로 미루어, 그냥 무수히 많은 화살을 천공을 향해 쏴서 떨어지기를 기다리기만 한 것은 아닌 듯했다.

필리아는 알아챘다.

청동 화살이 이쪽을 향해 낙하하며 서서히 변모하여 금속 날개와 부리를 지닌 새로 모습을 바꾸고 있다는 사실을.

"저건… 스팀펠리데스의 새―서쪽 전쟁의 신의 사역마…?"

화살 한 대 한 대가 부리와 날개, 그리고 발톱이 청동에 감싸인 거대한 새로 변화하는 모습은 환상적이었지만, 그 새들이 모두 살기를 띤 채 이쪽을 향하고 있었기에 멍하니 감상할 여유는 조금도 없었다.

"…헤에, 제법이네."

표정을 지운 채 감탄한 듯 말을 토해 낸 필리아에게 무수히 많은 새들이 날아들었다.

동시에 할리가 그쪽에 의식을 빼앗겼고―

시선을 돌린 여자 마술사의 심장을 향해, 버즈디롯의 권총이 총탄을 발사하였다.

하지만 그 총탄은 할리에게 도달하지 않았다.

상당한 고위의 방어마술도 돌파할 수 있도록 세공된 버즈디롯의 총탄이 보이지 않는 벽에 튕겨 나간 것이다.

그리고 다음 순간—'그것'은 공방 중앙에 현현했다.

버즈디롯과 할리 사이의 공간에 노이즈 같은 것이 퍼지는가 싶더니, 파직파직 소리를 내며 적갈색의 거대한 쇳덩이가 모습을 드러내 두 사람 사이를 가로막는 벽이 되었다.

한편, 다른 장소에 나타난 쇳덩이가 필리아의 머리 위를 쓸어, 화살에서 태어난 청동새들을 모조리 일격에 박살 내고 말았다.

노이즈가 광범위한 공간에 걸쳐 퍼지더니, 이윽고 거대한 그림자가 공방 안에 모습을 드러냈다.

무엇보다도 이상한 것은 그 크기였다.

할리의 눈앞에 나타난 버서커는 그녀가 직접 보았을 때보다 훨씬 거대한, 그야말로 괴물이라 해도 좋을 크기로 변화해 있었다.

×   ×

어느 지하시설.

햇볕이 비치지 않는 방 안쪽에서 말을 돌보던 여자가 그 움직임을 뚝 그쳤다.

"왜 그래, 폴테 쨩? 방금 마력이 살짝 흐트러졌는데."

옆방에서 여성의 목소리가 들려오자 폴테 쨩이라 불린 여자가 당황하며 말했다.

"방금… 아버지의 애조愛鳥들의 기척이 느껴졌는데… 금방 사라져 버렸다."

"애조?"

"스팀펠리데스의 새… 일찍이 아버지인 전쟁의 신이 아꼈다는 마조魔鳥다. …**그 남자**가 반도에서 쫓아냈다고 들었는데…."

"아아, 그러면 방금 말한 '그'가 소환한 거 아닐까? 당신의 띠도 가지고 있었다며? 뭐, 기척이 사라졌다면 굳이 가지 않는 게 좋을 것 같은데."

가볍게 대답하는 목소리를 들은, 폴테라 불린 여자는 얼마간 생각한 후에 살며시 고개를 끄덕였다.

"그렇군. 안심해라, 마스터. 나는 더 이상 단독으로는 움직이지 않을 테니."

여자는 늠름하게 그렇게 말하더니 약간 뺨을 붉힌 채 말을 이었다.

"그리고 마스터…. 역시 나를 '폴테'라고 부르는 건…."

"에에? 뭐 어때서. 히폴리테니까 폴테 짱. 아, 히포 짱이라고 부르는 게 좋겠어?"

"…폴테라 불러 다오."

서번트 라이더, 히폴리테는 어이가 없다는 듯 한숨을 내쉬었다.

폴테라는 별명이 싫다기보다는 순수하게 쑥스러워하는 것처럼 보였다.

그런 그녀는 문득 진지한 표정을 짓더니 다시 기척이 느껴진 방향으로 눈을 돌렸다.

평소의 히폴리테는 그렇게까지 기척감지에 능한 편이 아니었다.

하지만 보유한 보구, 아버지에게서 물려받은 군대軍帶와 유사한 기척에는 민감한 것이리라.

아마도 알케이데스가 전투를 벌인 것이리라 생각한 폴테는 마음을 다잡고 다시 자신의 말에게로 고개를 돌렸다.

언젠가는 결판을 내야 할 대영웅.

이제는 '퇴물'이 되어 버린 복수자를 떠올리고는 바득바득 소리가 나도록 이를 악문 채.

×　　　×

식육공장.

"어머, 덤으로 나도 지켜 준 거야? 착하기도 하지."

필리아는 찌부러진 청동새들을 보고 옅은 미소를 지은 채, 식육공장에 나타난 '그것'을 올려다보았다.

모습을 드러낸 것은 그때까지 기척을 감추고 있던 할리의 서번트였다.

하지만 그 모습을 보고 누구보다도 놀란 것은 할리였다.

"어?"

—아까 전보다… 더 커졌어?

이곳으로 오던 도중, 빌딩 벽을 타고 걸을 때는 코끼리 한 마리 정도의 크기였다.

하지만 지금은 그 코끼리를 동물원으로 운반하는 거대 트레일러도 집어삼킬 수 있을 정도로 거대한 기계 거미로 변모해 있었다.

이렇다 할 움직임을 보이지 않았음에도 어째서인지 톱니바퀴가 회전하는 소리며 금속 스치는 소리가 났고, 눈에는 여전히 황황하도록 밝은 빛이 번쩍이고 있었다.

처음에 할리가 들었던 것과 같은, 침이 녹슨 레코드 같은 소리가 버즈디롯의 마술공방에 울려 퍼졌다.

"ZZZZZ어어KKK… 저ZZZ저저저ZU어어어억KKKKK어어어어억."

버서커는 삐걱삐걱 몸을 떨며 무언가를 호소하듯 울었다.

할리가 허둥대자 필리아가 미소를 지으며 그녀에게 말했다.

"자아, 할리! 네가 마스터니까 빨리 명령해야지?"

"네…?"

"적은 누구냐고 묻잖아. 내버려 두면 너랑 나 이외의 애들을 전부 적이라 생각하고 도시를 쑥대밭으로 만들 텐데, 그래도 좋아?"

"……?!"

그 말을 들은 할리는 허둥지둥 버서커에게 고개를 돌렸다.

적을 가리켜라.

버서커는 지금도 버즈디롯과 자신 사이에 서서 이쪽을 보호하며 황황히 빛나는 눈으로 그렇게 말하고 있었다.

버즈디롯은 그 후 몇 차례 더 총탄을 발사하고 때로는 마술적으로 만들어 낸 굴절 등을 이용해 사각에서 할리를 노렸지만 버서커의 몸에서 뻗어 나온 케이블이 그 총탄을 모두 떨쳐 냈다.

그런 뒤, 케이블은 천천히 공기 중으로 모습을 감추었다.

동시에 소리도 사라졌지만 방금 전까지 느껴졌던 '압박감'은 아직 공방 내부에 남아 있었다.

―아까 거리에서 필리아 씨가 했던 은폐와는 달라. 나한테도 안 보여.

―이 영령은, 자기 힘으로도 모습을 감출 수 있는 걸까…?

할리는 마른 침을 꿀꺽 삼키며 자신이 터무니없는 영령과 계약을 맺었음을 실감했다.

필리아는 말했다. 적은 누구인지를 이 버서커에게 말해 명령하라고.

적대 중인 마스터라고는 하나 사람을 죽일 수 있는지 어떤지를 시험하고 있는 듯 느껴지기도 했다.

할리는 생각했다.

마술사답게 마음을 죽여 떨리는 가슴을 진정시켰다.

그렇다면 이제 명령을 할 차례일까?

사람을 죽이라고.

마술사답게, 현실의 윤리관에서 자신을 해방시켜야 할까?

아니면 평범한 인간이라도 되는 것처럼 정당방위를 주장해야 할까? 자진해서 성배전쟁에 몸을 던졌으면서?

"……."

삼시 망설인 후, 그녀는 모습이 보이지 않는 버서커에게 외쳤다.

"버서커! 적은 이 **마술공방이에요**! 엉망진창으로… 부숴 버리세요!"

삐걱삐걱 소리가 울려 퍼지더니, 명령을 받은 것을 기뻐하듯 버서커가 삐걱대는 소리가 주변을 가득 메웠다.

그러자 어느샌가 할리의 옆으로 다가와 있던 필리아가 살며시 어깨에 손을 얹었다.

"꺅?!"

필리아는 눈을 가늘게 뜨고서 다정한 미소를 지은 채, 놀라서 비명을 지른 할리에게 말했다.

"헤에~ 잘 빠져나갔네. 직접 죽이라고는 안 하는구나."

"…저, 저는 그럴 생각이….."

"아아, 착각하지 마. 나무라는 거 아니니까."

필리아는 빙긋빙긋 웃으며 살아남은 마수를 마력의 화살로 차례차례 물리쳤다.

그리고 여전히 미소를 띤 채, 담담한 투로 할리에게 말했다.

"만약 할리가 방금 전 같은 상황에서 간단히 사람을 죽이라고 하는 아이였다면, 이미 인간이 아니라 마술사의 범주에 속한다는 뜻이니———————"

파괴음에 말의 후반부가 지워졌다.

눈에 보이지 않게 된 버서커가 날뛰기 시작한 것이리라. 주변에 위치한 벽이며 바닥이 엄청난 기세로 찌부러지더니, 곧 일부가 이계화한 통로의 출입구도 파괴되었다.

"자, 뒷일은 버서커한테 맡기고 너는 도망쳐. 섣불리 죽이면

'진흙'이 될 테니 저 무섭게 생긴 마술사랑 일그러진 영령은 신중하게 처리해야 하거든….”

그런 소리를 하며 필리아는 다시 도약해서 잔해 틈새로 사라져 버렸다.

할리는 그런 그녀를 보며 온몸으로 식은땀을 흘렸다.

그리고 본능적으로 이계화가 풀린 출입구 쪽으로 몸을 날렸다.

마치 버즈디롯과 그 궁병으로 추정되는 서번트가 아니라 필리아에게서 도망치듯.

그녀에게는 들렸던 것이다.

파괴음이 울려 퍼지는 가운데 필리아가 미소를 띤 채 내뱉은, 말의 마지막 부분이.

─“만약 할리가 방금 전 같은 상황에서 간단히 사람을 죽이라고 하는 아이였다면, 이미 인간이 아니라 마술사의 범주에 속한다는 뜻이니….”

─“솔직히 말해서 **살려 둘 가치가 없는걸**.”

그건 농담 따위가 아닌 진심이 담긴 말이었다.

그것을 확인한 할리는 은인인 필리아에게 감사하는 동시에 깊은 공포를 느끼고는 지금까지 몇 번이나 생각했던 의문을 다시금 떠올렸다.

─나는 대체… 뭘 불러낸 걸까.

"......."

—영체화한 것이 아니군.

버즈디롯은 그렇게 판단했다. 아마도 광학미채 같은 특수능력일 것이다.

소리까지 사라진 것은 영령의 스킬이거나 저 자칭 '여신'이 무언가를 한 것인지도 모른다.

이 공방 안에서 영체화했다면 서번트라 해도 공방의 결계며 마술로 인해 큰 대미지를 입었을 터. 그렇게 판단한 버즈디롯은 저 영령인지 괴물인지 모를 '무언가'는 처음부터 모습과 소리, 마력을 차단하고 있었으리라고 추측했다.

한 박자 늦게 버즈디롯은 냉정하게 결심하고는 염화로 알케이데스에게 말했다.

(아마도 이 공방은 파괴될 거다. 전력을 다해도 상관없다.)

(괜찮은 건가? 저 장치도 소실될 텐데.)

(문제없다. 저 장치는 이미 패밀리에서 양산이 가능하니.)

알케이데스의 물음에 버즈디롯은 딱 잘라 단언했다.

(이제 와서 마력결정을 늘리려 한들 언 발에 오줌 누기다. 현존하는 결정은 공방의 방어기구를 발동시킨 시점에서 대피시켰으니 안심해라. 찔끔찔끔 아끼다 몽땅 다 잃었다가는 스크라디오 패밀리를 볼 낯이 없어진다.)

담담히 무엇을 버릴지 결의하고는 버즈디롯도 자신에게 신체 강화 마술을 걸어 잔해 속을 내달렸다.

(어차피 이렇게까지 일이 커진 이상, 팔데우스와 올란도가 움직일 거다. 네가 요란하게 움직인다 해도 달라질 건 없다.)

(진위는 둘째 치고, 상대가 여신을 자칭하는 자인 이상, 나는 마술의 은폐 따위를 염두에 둘 생각이 없다만.)

(상관없다. 여차하면 이 도시를 통째로 처리할 준비는 되어 있다고 하니. 프란체스카와 경찰서장은 둘째 치고 팔데우스는 필요하다면 곧바로 그 계획을 발동시킬 거다.)

버즈디롯은 한없이 담담한 투로 알케이데스에게 물었다.

(고작 80만 명이 희생될 뿐이다. 마술을 은폐할 수 있다면 시계탑도 불만은 없겠지. 하지만 너는 그럴 각오가 되어 있나?)

자신을 시험하는 듯한 말에 알케이데스는 망설임 없이 답했다.

(물론이다. 신들을 멸망시킬 수 있다면, 그 정도는 정당한 대가라 할 수 있다.)

그리고 알케이데스는 자신의 힘을 개방했다.

신을 자칭하는 여자와 그 종으로 추측되는 마술사, 그리고 서번트에게 철퇴를 내리기 위해.

설령 그것이 자신이 아는 원수와는 다른, 이국땅의 신들이라 해도.

×   ×

늪지대에 자리한 저택.

"창문으로 얼굴 내밀지 마, 아야카. 저격은 무섭다고. 나도 피에르한테 저격당해 죽었을 정도니까."

"내밀라고 해도 안 내밀어."

아야카와 세이버는 저택 안쪽에 몸을 숨긴 채 상황을 확인했다.

시그마에게서 '저택이 특수부대에게 포위됐다'는 이야기를 들은 아야카는, 처음에는 경찰이 쫓아왔거나 SWAT나 뭐 그런 것인 줄 알았다.

하지만 시그마의 말에 의하면 이 성배전쟁을 준비한 마술사들의 수하라고 한다.

"미국 정부의 일부가 마술사와 결탁하다니, 무슨 판타지 영화도 아니고."

"그런 소리 말라고, 아야카. 권력자와 마술사는 좋은 조합이라고. 위대한 기사왕의 뒤에는 그를 만들어 낸 꽃의 마술사가 있었다잖아. 내게도 궁정마술사라고 할 정도는 아니었지만, 묘하게 들러붙는 이상한 녀석은 있었지."

"…그거, 생제르맹 말하는 거야?"

방금 전까지만 해도 이름을 꺼내자니 불안하다고 생각했건만, 아야카는 엉겁결에 묻고 말았다.

"용케 아는걸. 유명한가 보지, 그 녀석?"

놀란 얼굴로 말하는 세이버에게 어떻게 설명할지 망설이던 참에 문 근처에 다시 시그마가 나타나 입을 열었다.

"지금, 부대의 7할이 다른 장소로 이동했어. 이곳에 남아 있는 건 감시자들뿐이니 이동하려면 지금이 기회일 거야."

"이동을 해?"

아야카는 담담한 투로 말하는 시그마에게 좀처럼 장단을 맞출 수가 없었다.

어젯밤, 어새신과 전투를 치르던 중에 만난 성배전쟁의 참가자이기는 하지만 아무래도 바로 적대할 생각은 없는 듯했다.

그러던 참에 세이버가 또 "그럼 동맹을 맺지. 함께 원탁을 둘러싸 보자고."라고 설득을 하자 시그마가 "부전협정이라면."이라고 뜻밖의 말을 꺼낸 탓에 이렇게 저택 안에 들어오게 된 것이다.

아야카는 크게 한숨을 내쉰 후, 어쩌다 이렇게 되었는지를 생각했다.

세이버는 애초에 그 녹색 머리의 영령과 '진흙과 병을 해결하는 동안'만 일시적인 협정을 맺었으나, 그 자리에 있던 어새신과도 뭔가 거래를 한 듯했다.

어새신은 "역시 네놈이 생전에 벌인 소행을 용서할 수는 없다. 하지만 위대한 노인의 일원이 네놈과 함께 싸웠다는 사실을 나는 안다. 따라서 저 마물을 제거할 때까지는 죽이지 않겠다."라고 말해, 일단 살육전으로 발전하는 사태는 면한 듯했다.

아야카가 멍하니 있는 동안 어새신이 '거점으로 삼을 곳이 필요하다면 늪지대에 적절한 저택이 있다'는 소리를 했고, 그 '마물'인지 하는 것이 돌아왔을지도 모른다며 동행하게 되었다.

─으음, 그리고 나서 창문에 불이 켜져 있기에 어새신 씨가 상황을 살피러 갔고, 그러고서 얼마 안 있어 방에서 엄청난 소리와 빛이….

혼란 상태에 빠져 있는 동안 세이버가 이야기를 매듭짓는 바람에 결국 아야카가 제정신을 찾았을 때에는 새로운 상황으로 넘어간 뒤였다.

자신은 정말로 끌려 다니고 있을 뿐임을 실감한 아야카는, 그런 자신이 한심하고 부끄러운 동시에 이런 자신을 지켜 주고 있는 세이버가 고마웠다.

그런 생각을 하며 잠에 들었는데, 그때 그 묘한 꿈을 꾼 것도 모자라 이번에는 특수부대가 상대라고 하지 않는가.

─자진해서 성배전쟁에 참가하는 사람들 속을 모르겠어.

그런 생각을 하며 그녀는 시그마에게 물었다.

"우리를 파는 편이 당신 입장상 좋지 않아?"

뚱하게 들리는 아야카의 물음에 시그마가 답했다.

"팔데우스는 이용 가치가 없어지면 곧장 이쪽을 없애려 들 타입이야. 그렇다면 너희 같은 타입과도 관계를 맺어 두고 싶어."

"우리는 보험이라 이거구나…. 하지만 당신 쪽에서 이용 가치가 없어졌다며 우리를 버릴 가능성도 있지 않아?"

"부정은 않겠어. 그러니 경계해도 좋아. 나는 너희를 진심으로는 믿지 않을 테니, 너희도 나를 아예 믿지 않아도 돼."

노골적으로 자신의 속을 터놓는 시그마를 본 아야카의 입에서 한숨이 새어 나왔다.

무엇을 물어야 할지 망설이고 있자 세이버가 끼어들었다.

"부대의 7할이 이동했다고 했는데, 무슨 일이 있었던 거지?"

"공장지구 쪽에서 괴물이 날뛰었다더군."

"괴물?! 그 얘기 좀 자세히…."

―아, 이런.

아야카가 허둥지둥 제지하려 했지만 이미 늦은 뒤였다.

"누군가의 영령인지, 아니면 영령이 소환한 마수인지는 모르겠지만 도청한 통신에 의하면 이 저택만큼 거대한 괴물이 공장지구를 파괴하고 있다더군."

아야카는 시그마가 말을 마치는 것을 확인하고서 세이버 쪽으로 천천히 고개를 돌렸다.

그러자 그곳에는 아이처럼 눈을 빛내는, 그야말로 몸집만 큰 어린애가 있었다.

"세이버."

"응? 왜 그러지, 아야카?"

"가고 싶어?"

아야카가 직접적으로 묻자 세이버가 눈을 이리저리 굴리며 답했다.

"…무슨 소리를 하는 거야, 아야카! 그야 무진장 가고 싶고, 방패 같은 걸 들고 마묘魔猫 퇴치를 재현한다거나 하는 걸 무진장 하고 싶지! 하지만 아야카를 위험한 곳에 데려갈 수는 없는 일이잖아."

"어제, 느닷없이 다른 서번트가 있는 숲속으로 끌려갔는데."

"그러고 보니 그렇군…. 아니, 하지만… 이번엔 괴물이니…."

짧은 인연이기는 했지만 아야카는 이 세이버에 관해 알아낸 것이 있었다.

그는 늘 반사적으로 움직이는 것도 모자라 행동력이 넘쳐 나는 고양이 같았다.

자신의 흥미를 끄는 자가 있다면 수십 킬로미터 떨어진 곳에서 강아지풀을 흔들어도 당연하다는 듯 달려갈 것이다.

그러면서도 다정했다.

그래서 그 자신의 욕망과 이쪽에 대한 배려 사이에서 고민하는 경향이 있었다.

—휘둘리는 건 싫지만….

—짐이 되는 건 더 싫은데.

그렇게 생각하며 세이버에게 뭐라 말을 하려던 순간—

아야카는 시야 구석에서 '그것'을 발견했다.

"…힉!"

식은땀이 얼굴에서 샘솟더니 호흡이 자연스럽게 거칠어졌다.

—어…째서….

—이곳에는… 엘리베이터가 없을 텐데…!

침대 위에 빨간 두건을 쓴 소녀가 서 있었다.

천천히 이쪽으로 고개를 돌렸지만 두건의 그늘에 가려 눈과 표정은 잘 보이지 않았다.

소녀의 입가가 천천히 움직여 씨익 하고 미소를 지은 듯한 기분이 들어, 공포에 질린 아야카는 비명을 지를 뻔했다.

"왜 그래, 아야카?"

그때 세이버가 말을 걸어와, 거의 잃을 뻔했던 이성을 되찾았다.

그러고 나서 보니 빨간 두건을 쓴 소녀는 침대 위에서 사라진 뒤였고, 이상하다는 듯 아야카를 쳐다보는 세이버와 시그마의 얼굴만이 보였다.

"아니, 아무것도 아냐. 그래서 어쩔 거야? 보러 갈 거야?"

아야카는 새삼 자신 쪽에서 그렇게 제안해 보았지만 세이버가 뭐라 대답하기 전에 시그마가 끼어들었다.

"이건 충고인데, 보러 가지 않는 게 좋을걸."

"응? 어째서?"

아야카의 질문에 시그마는 "조금 전에 통신이 같이 들어왔는데."라고 운을 떼더니 현재 상황에 관한 보충설명을 한마디 덧붙였다.

"내 본래의 고용주가 무슨 짓을 벌일 것 같더군."

"고용주면… 나라의 특수부대 아니야?"

"묵비 의무 계약은 하지 않았지만 우리 쪽에도 나름의 법도라는 게 있어. 그러니 자세히는 말 못 하겠지만… 적어도 꽤나 떨떠름한 일이 벌어지리라는 건 분명해. 그러니 휘말려 들고 싶지 않다면, 당분간 그곳에는 얼씬도 않는 게 좋을걸."

시그마는 거기까지 말하더니 얼마간 침묵한 뒤, 농담인지 진담인지 모를 말을 입에 담았다.

"뭐… 이 시기에 이 도시에 온 시점에서 이미 늦은 건지도 모르겠지만. 너나 나나."

×　　　×

어스름한 어딘가.

외부의 빛이 거의 들지 않는, 모니터 불빛이 유일한 광원인 프란체스카의 공방.

흐트러진 침대 위에 과자와 같은 간식이 든 봉투를 어질러 놓은 채, 그 공방의 주인인 프란체스카는 자신의 서번트인 프렐라티 소년과 대치하고 있었다.

"그러면 마스터로서 명령할게? …근데 있지, 자기가 자기한 테 명령하는 건, 뭔가 엄청 도착적이고 짜릿한 일 같지 않아? 명령당하는 쪽은 어떤 느낌이 들어?"

"질투와 피학의 쾌감이 뒤섞인 듯한 도취감 속에서 게슈탈트 붕괴가 일어날 것 같은 느낌이 끝내준다고나 할까. 내일은 마스터랑 서번트 바꿔서 해 볼래?"

"괜찮다아. 하지만 그건 안 돼. 보나마나 역할을 바꾸자마자 영주도 빼앗아서 반대로 나를 자해시킬 수 있을까 없을까 하는 놀이나 하려 들 거잖아?"

"용케 알아챘네! 역시 나야! 이거 영 껄끄럽네에!"

프렐라티 소년은 깔깔대고 웃으며 벽에 기댄 채 프란체스카 에게 말을 이었다. "그래서? 명령이 뭔데? 대충 예상은 되지만."

"예상한 게 맞을 거야! 지금부터 서번트인 프렐라티 군이 저 공장 거리의 괴수 대결전을 억지로 수습해 줬으면 해! 우와! 뭔가 엄청 재미있을 것 같아!"

"평범한 서번트였다면 영주로 명령했어도 거부하고 싶어 할 안건인데, 이거."

"그치만 가 줄 거지?"

프란체스카가 남자의 모습을 한 자신에게 악동처럼 미소를 던지자 프렐라티 소년 역시 악동 같은 미소로 답하며 고개를 끄덕였다.

그리고 계약은 성립되었다는 듯 프란체스카가 우산 끄트머리로 바닥을 통, 하고 두드렸다.

그러자 덜컥, 하는 기계적인 소리와 함께 프렐라티 소년이 기대어 있던 벽이 뒤로 들어갔다.

그 후, 벽이 열차의 문처럼 옆으로 밀려나자 격리되었던 공방의 내부가 비로소 바깥과 이어졌다.

투명한 남색과 함께 방 안으로 흘러 들어오는 빛, 빛, 빛.

태양에서 비롯된 하얀빛과 짙은 하늘색이 하모니를 이룬 광경이 프란체스카의 시야에 비쳤다.

다시 말해 지상에서 본 것보다 색이 짙은, 무한히 드넓은 하늘이 펼쳐져 있었다.

한편, 벽에 기대어 있던 프렐라티 소년은 그대로 밖으로 굴러 떨어져 프란체스카와는 다른 광경을 보고 있었다.

눈 아래에는 붉은 대지가 한없이 펼쳐져 있어, 도시가 황야에 쏟아진 소금더미처럼 보였다.

지금이 한밤중이었다면 도시의 불빛은 별이 한쪽으로 쏠린 별 하늘로 보였을 터.

프렐라티는 그것을 보지 못한 것을 다소 유감스럽게 생각하며 아무런 망설임 없이 두 팔을 펼쳐 춤을 추듯 회전하며 자유낙하를 개시했다.

상공 20킬로미터, 성층권 최하층.

프란체스카의 '공방'은 그곳에 존재했다.

미국에서 실험 중인 고고도高高度 무인 비행선. 프란체스카의 불가시不可視, 방풍결계 등을 여러 겹으로 부여하여 마술적으로, 과학적으로, 그리고 취향에 따라 개조에 개조를 거듭한 전장 200미터의 거대한 비행선이었다.

하지만 SF소설에 등장할 법한 무장을 갖춘 채 지상을 공격하는 이동요새 같은 것은 아니고, 단순히 200미터에 이르는 기구 부분을 사용해 면적이 그리 넓지 않은 프렐라티의 공방만을 들어 올린 상태였다.

모든 것이 내려다보이는 장소에 위치했음에도 육안으로는 지상의 상황을 거의 살필 수 없는 까마득히 높은 장소다.

하지만 공장 거리의 이변 정도는 프렐라티의 강화된 시력을 통해 이 위치에서도 확인할 수 있었다.

거대한 기계장치 거미가 날뛰고, 그것을 복수자로 변질된 궁병이 홀로 상대하려 하고 있는 광경이 보였다.

주변의 공장은 파괴되었고, 식육공장에 이르러서는 거의 흔적도 남지 않았으며 이계화의 잔재며 결계의 노이즈, 그리고 공장 바깥으로까지 흘러나온 마수들의 모습도 보여, 처참하도록 혼돈스러운 광경이 확산되고 있었다.

프렐라티는 그 광경을 보고 그저, 하염없이 즐거운 듯 웃었다.

"아하하하하! 좋은걸! 최고야! 최고라고, 프란체스카!"

얼마간 웃어 대는 동안에도 지면은 확실하게 가까워졌다.

소년은 육안으로 또렷하게 보이는 공장지구의 혼돈을 음미하며 사고를 다음 단계로 진행시켰다.

─이대로 저 광경이 도시에서 펼쳐지는 걸 보고 싶은데….

─하지만 아직 안 되겠지? 아직은. 좀 더 참아야 해.

웃음이 흘러나오는 것은 멈출 수 없었지만, 그래도 머리는 냉정하고자 했다.

하지만 그것은 보다 오래, 보다 커다란 쾌락을 맛보기 위한 최소한의 자제심에 불과했다.

─아직은 겉으로나마 제대로 컨트롤해 보여야지.

─안 그럼 팔데우스라는 마스터 친구가 도시를 냉큼 끝장내

버릴 테니.

목적을 정한 후, 자유낙하의 스피드 탓에 신이 날 대로 난 프렐라티 소년은 곤두박질치듯 낙하하며 두 팔을 펼쳤다.

그리고 주변에 펼쳐진 무한한 하늘 속에서 큰 소리로 노래하고, 읊조리고, 찬양했다.

자신이 지닌 보구를 칭찬하고 전개하는 기쁨을 표현한 시를.

"나는 바치노라, 이 망가진 세계에, 축복과 감사와 희생을 바치노라!"

　　　　　"나를 광기덩어리로 낳은 어머니─아테에게 감사를!"

　"내게 인간의 광기─마술을 가르친 모든 세계의 성령들에게 축복을!"

"서로 다른 광기를 내게 보여 준 성녀와 기사여, 그대들은 모두 다 옳았다!"

"바치노라! 이 망가진 세계에 허락된 모든 인류에게, 나라는 산 제물을 바치노라!"

엉터리 같은 축문을 외침과 동시에─프렐라티 소년의 주변에 펼쳐진 공간이 일그러지기 시작했다.

지상이 급속도로 다가오는 가운데─

그는 자신의 보구인 대마술의 이름을, 육박해 오는 지면을 향해 외쳤다.

"───나인성螺湮城은 존재하지 않으며, 따라서 세상의 광기에는 끝이 없도다─그랜드 일루전!"

×   ×

지하 공장지구.

"찾았다! 그 여자다!"

할리를 발견한 스크라디오 패밀리의 검은 옷 마술사들이 무시무시한 표정으로 할리를 쫓았다.

현재, 버서커는 '마술공방의 파괴'를 우선시하고 있었고 필리아도 그쪽에 있는 탓에 자신의 몸은 알아서 지켜야만 했다.

이미 식육공장은 원형을 알아볼 수 없게 된 뒤였지만, 아무래도 주변 공장도 마술공방과 비슷한 역할을 하는 시설이었는지 그것들을 '적'이라고 판단한 버서커가 닥치는 대로 파괴하고 있었다.

버서커의 입에서 업화業火가 쏟아져 나와 공장부지 하나가 통째로 불바다가 되는 것을 보았을 때, 할리는 그 이상 버서커의 행동에 관해 생각하기를 관뒀다.

—어쨌든, 지금은 이곳에서 빠져나가야 해….

"애들아! 부탁 좀 할게!"

할리가 외치자 그녀의 옷 속 어디에 숨어 있었던 것인지, 몇 마리의 벌이 모습을 드러냈다.

"…저 사람들의, 발을 묶어 줘!"

어깻죽지에 앉은 무수히 많은 벌들에게 그렇게 부탁하자 벌들은 일심불란하게 날아올라 후방에 위치한 남자들에게 접근했다.

"뭐야?! 벌?!"

"귀찮게 발악을 하다니…. 박살을 내… 억?!"

정면으로 날아간 몇 마리의 벌을 미끼 삼아, 나머지 벌이 빠르게 비행하여 남자들의 등 뒤로 돌아들었다.

그 벌들에게 목 등을 쏘인 남자들은 허둥지둥 마술로 공격하려 했지만, 다음 순간에는 눈알이 뒤집어져서 차례로 땅바닥에 널브러졌다.

강력한 수면효과가 있는 독액을 분비하는 사역마―벌들에게 감사하며 할리는 그대로 공장지구 밖을 향해 달렸다.

―조금만 더…. 아무리 그래도 마술공방의 영향이 이 지구 밖까지 미치지는 않을 거야…!

뒤를 돌아보니 공방이 파괴된 탓에 제어에서 풀려난 마수들이 검은 옷차림을 한 스크라디오 패밀리의 구성원들과 승강이를 벌이고 있었고 버서커는 공장에서 뻗어 나온 굴뚝 두 개를 한꺼번에 후려쳐서 쓰러뜨리고 있었다. 그리고 그렇게 쓰러지는 굴뚝을 타고 올라가 높은 곳까지 도약하여 레이저빔 같은 화살을 내쏘는 궁병의 모습이 보였다.

그 화살이 등에 직격하자 버서커의 삐걱대는 기계 같은 비명 소리가 공장지구 일대에 울려 퍼졌다.

속사포처럼 화살이 쏟아졌지만 이번에는 버서커도 온몸을 휘감은 케이블과 와이어를 촉수처럼 휘둘러 응전했다.

중간 중간 필리아가 반격하는 모습도 보였지만 궁병은 활을 휘둘러 그것을 무산시키는 등, 일진일퇴의 공방이 펼쳐지고 있었다.

자신이 낄 수 있는 싸움이 아니다.

그렇게 생각하면서도 그녀는 마음속으로 버서커에게 성원을 보냈다.

―내 마력은 미미하겠지만, 그래도 몽땅 빨아 가도 좋아.

―그러니, 그러니까 부숴 줘, 모두 부숴 줘!

—마술사들이 만들어 낸 것들을! 전부, 모두, 남김없이!

버서커가 엉망이 된 땅바닥에서 송전 케이블을 뽑아 마력을 대신할 에너지를 자신의 몸속으로 흡수하기 시작했다.

그러자 신기하게도 그 몸이 주변의 공장 잔해들을 빨아들여 더욱 거대한 모습으로 변모하려 하고 있었다.

—이제 당신의 정체가 뭐든 상관없어!

—제발, 제발 이 마술세계를 몽땅, 산산이….

거기까지 생각한 참에 할리의 어깨 표면을 총탄이 훑고 지나가 살점을 조금 도려냈다.

"…—~~윽!"

할리는 목소리를 억눌러 신음을 흘리며 그 자리에 넘어졌다.

그녀의 몸을 뒤덮고 있던 방어결계가 단숨에 파괴되어 무방비해진 어깨에 총탄을 맞은 것이다.

총탄의 위력을 죽이기는 했지만 그럼에도 어깨의 살점을 조금 도려내고, 그 충격으로 그녀를 넘어지게 하기에 충분했던 모양이었다.

그리고 그녀에게 흉탄을 날린 남자—버즈디롯 코델리온은 표정 하나 바꾸지 않고 할리에게 물었다.

"할리 볼자크. 넌 대체, 뭘 불러낸 거냐?"

"…서번트의 정보를… 간단히 밝힐 것 같아요?"

"이 자리에서 너를 죽이기는 쉽다. 하지만 그래서는 저 이상한 것이 제어에서 풀려났을 때의 행동을 예측할 수 없지. 정보를 털어놓거나 자해를 명령한다면 괜한 고통은 주지 않고 끝내주마."

"이럴 땐… '목숨만은 살려 주마'라고 해야 하는 것 아닌갸요…."

어깨를 부여잡은 채 일어난 할리의 말에 버즈디롯은 슬쩍 고개를 기울이며 되물었다.

"너는, 그런 헛소리를 믿을 만큼 어리석은 마술사로는 안 보인다만?"

마술사.

자신 같은 반쪽짜리를 그렇게 취급하자 할리는 복잡한 심경에 사로잡혔지만 조용히 각오를 굳혔다.

―자해시키는 척하고 온 힘을 다해 명령하자.

―이 도시에 있는 모든 마술공방을, 철저하게 파괴하라고.

―그리고 동력이 떨어질 때까지, 라스베이거스나 로스엔젤레스를 활보하라고.

―남은 일은 토지 수호 일족이 알아서 하겠지.

―그 사람들의 신비 역시 소실될지도 모르겠지만, 그건 미안하다고 사과할 수밖에 없겠는걸.

"알겠어요, 영주를 써서 버서커를…."

두 손을 천천히 들며 할리가 그렇게 말한 참에―

그녀는 너무도 갑작스럽게, 끝없는 나락으로 **낙하했다**.

몇 미터 앞에서 총을 겨누고 있던 버즈디롯의 모습은 그대로 이건만, 뜬금없이 별빛이 위쪽으로 멀어져 갔다.

그 말은 즉, 눈앞에 있는 버즈디롯도 마찬가지로 낙하하고 있다는 뜻이었다.

시간을 몇 초 거슬러 올라가서.

처음 이변을 알아챈 것은 필리아였다.

"…이 마력의 기척… 미케네의 떨거지 녀석들 계보인가?"

그렇게 중얼거린 순간, 그녀는 그 이변을 눈으로 확인하게 되었다.

갑자기 자신이 딛고 있던 바닥이 소실되어 그대로 낙하하기 시작한 것이다.

"잠깐?!"

허둥지둥 **하늘을 날려 했지만** 그녀는 곧 자신의 주변에 충만했던 마력이 소실되었다는 사실을 알아챘다.

"이건… **내가 아니라 세계의 텍스처 쪽을 속인 거구나! 어떻게 이런 짓을!**"

자세히 보니 소실된 것은 자신이 있던 곳 주변의 땅바닥만이 아니었다.

식육공장을 중심으로 공장 거리 태반을 범위로, 타원형으로 대지가 소실되어 끝이 보이지 않는 어둠이 입을 쩍 벌리고 있었다.

게다가 주변의 마력이 말끔하게 사라져 있는 것은 물론이고 스크라디오 패밀리의 말단 마술사들도, 필리아도, 알케이데스도, 거구를 자랑하는 버서커조차도 모두 평등하게 떨어지고 있었다.

모든 이들이 자유낙하를 하는 가운데, 필리아는 이 현상의 원흉인 존재를 노려보았다.

땅바닥을 향해 엄청난 스피드로 떨어진 그 소년은 자신을 노려보는 호문쿨루스에게 천진난만한 미소로 답했다.

어찌된 일인지 그만은 마력을 사용할 수 있는지 감속하더니, 낙하하기 시작한 필리아와 할리, 버즈디롯, 그리고 알케이데스와 속도를 맞추어 다 같이 어깨를 나란히 한 채 끝없는 구멍에 삼켜졌다.

"이것 참, 처음 보는 사람이 많네. 거기 있는 궁병 군은 설산에서 만났으니, 하루 만인가?"

머리를 밑으로 향한 채 낙하 중인 중성적인 소년이 가벼운 투로 말했다.

그는 두 팔을 활짝 펼친 채 함께 낙하 중인 모든 존재에게 말했다.

"동양의 아비지옥은 2000년 동안 계속 떨어진다고 하는데, 2000년 후에는 아래에 도착한다는 의미로는 친절한 거 아닐까? 하지만 그 후에 억겁의 시간 동안 고통을 당한다는 걸 아는 이상, 계속 떨어지는 편이 나을지도 모르겠는걸. 너희는 어느 쪽이 좋아?"

그 말에 맞춰 구멍의 가장자리—그때까지 칠흑빛 흙벽이었던 장소에 온갖 것들이 빛나며 떠올랐다가는 사라졌다.

그것은 도깨비들의 술판이요, 쇠퇴한 놀이동산의 퍼레이드요, 기아로 죽은 아이들이요, 무한히 펼쳐진 별 하늘이요, 모습을 형용하기도 겁나는 괴물이요, 황금향이라고밖에 표현할 수 없는 미려한 도시요, 황야를 달리는 성녀의 모습이요, 땅 끝까지 이어진 기사들의 시체였다.

그 모든 것들이 진짜처럼 느껴져서 스크라디오의 말단 마술사들은 이 시점에서 자의식이 거의 망가져, 절반 이상이 완전히 의식을 잃은 상태였다.

하지만 마력의 사용이 억제되었음에도 불구하고 버즈디롯 코델리온은 평소와 다름없이 흉악한 무표정을 유지하고 있었다.

하지만 체내의 '진흙'을 제어하는 데 애를 먹고 있는 것인지 소매로 보이는 검은 문신 같은 것이 그의 피부 위에서 격하게 몸부림치고 있는 모습이 보였다.

"무슨 짓이냐. 캐스터."

버즈디롯이 담담하게 말하자 캐스터라 불린 소년은 거꾸로 뒤집힌 채 공손하게 인사를 한 뒤, 답했다.

"무슨 짓이긴, 성배전쟁을 무난하게 진행하기 위한 조치지. 이대로 가면 팔데우스 군의 위장에 구멍이 뚫려서 세계는 슬픔으로 가득 차고 꽃은 피고 작은 새들은 노래하고, 세상 끝에서는 나비가 춤을 추고 태풍이 몰아치는가 하면 팔데우스 군의 시체를 처리할 장의사가 한몫 잡게 될 거라고."

후반부는 전혀 의미가 없는 말이리라.

버즈디롯이 무시하고 계속 노려보자 캐스터는 "장단 좀 맞춰 주면 덧나냐, 나 참." 하고 깔깔대고 웃은 뒤에 다시 답했다.

"괜찮아. 난 아군이야, 너희 편이라고. 인간들의 편이고 신들의 편이고, 마수들의 편이고 마술사들의 편이지. 그러니 나는 그 모든 것이 소실되지 않도록… 즐거운 일을 뒤로 미뤄 두러 온 것뿐이야."

그리고 캐스터 소년은 짝, 하고 두 손으로 손뼉을 쳤다.

그러자 구멍의 외벽마저도 소실되더니 그 속에서 계속해서 낙하하는 수천, 수만, 수십만의 사람들의 모습이 나타났다.

"너희는 둘째 치고, 스노필드의 주민 80만 명을 나는 아직 죽이고 싶지 않거든."

그렇게 말한 소년의 모습이 사라지더니―

크기가 몇 킬로미터는 될 듯 거대한 모습으로 소년이 재림하여, 역시나 끝없는 절벽을 함께 낙하하며 자신의 바람을 입에 담았다.

"그러니까 지금은 일단… 거래나 하지 않겠어?"

"일찍이 입이 험한 민중들에게 '악마'라고 불렸던… 나와 말이야☆"

×　　　×

콜즈맨 특수 교정 센터.

"…한 방 먹었군요, 프란체스카 씨…."

영상에 나타난 그 광경을 본 팔데우스는 어쩐 일로 얼굴을 찌푸리며 말했다.

프란체스카에게서 [괜찮아, 괜찮아. 금방 어떻게든 할 테니깐.]이라는 연락이 온 직후에 일어난 이변.

팔데우스는 그것을 확인한 순간, 전문분야가 아닌 음양도의 단어까지 써 가며 오늘은 액일厄日이리라고 자신의 상황을 표현했다.

모니터 속에는 공장지구를 소실시키는 형태로 뻥 뚫린 칠흑빛 구멍이 비치고 있었다.

그것은 이미 지반침하라는 구실로 얼버무릴 수 있는 범주가 아니어서, 설령 '긴급조치'로 스노필드라는 도시 그 자체를 소멸시킨다 해도 구멍만은 또렷하게 남아 전미에 널리 알려질 정도였다.

더욱 골치 아픈 이야기를 하자면, 이제 몇 분 후면 관측위성이 이 도시의 까마득한 상공을 통과할 것이다.

그것도 일반 연구자에게까지 거의 실시간으로 정보가 제공되는 민간위성이.

그것에 이렇게까지 거대한 구멍이 또렷하게 비치는 날에는 신비의 은폐가 문제가 아니게 된다.

대체 어떻게 책임을 질 생각이냐며 프란체스카에게 전화 연락을 하려던 순간—다음 이변이 모니터 속에서 개시되었다.

느닷없이 거대한 구멍이 메워지는가 싶더니, 마치 시간을 되돌린 듯 쓰러졌던 굴뚝이며 무너진 공장의 외벽이 재생되기 시작하고 불탔던 공터의 풀까지 파릇파릇하게 생명을 되찾았다.

"…이건…?"

팔데우스가 당황한 참에 프란체스카에게서 연락이 왔다.

[야호~ 많이 놀랐어? 조금은 네 뚱한 얼굴도 부드러워지지 않았을까 싶은데, 어때?]

"…어떻기는요. 대체 무슨 짓을 한 겁니까?"

그러한 팔데우스의 물음에 프란체스카는 깔깔대고 웃으며 답했다.

　[그냥 환술이야. 영령이 된 내 보구니까 황무지를 설산으로 바꾸는 것의 몇 배는 굉장한 일을 할 수 있는 것뿐이지! 아아, 참참. 저기서 싸우던 사람들은 잘은 모르겠지만 갑자기 화해한 모양이더라? 신기한 일도 다 있지? 역시 사랑의 힘이려나아? 아아, 멋져라! 사랑!]

　팔데우스는 대부분의 말을 흘려 넘기며 모종의 거래를 했으리라고 정확하게 사태를 분석했다.

　하지만 그에 관해 언급하기도 전에 프란체스카가 못을 박았다.

　[마지막 순간에는 너랑 나도 성배를 두고 싸우는 적이라고. 그 점 잊지 마.]

　그리고 지나가는 이야기라도 하듯, 원래대로 돌아간 공장에 관한 믿기 어려운 말을 입에 담았다.

　[원래대로 돌아간 것처럼 보이지만 저것도 환술이다? 만질 수 있고, 들어가서 살 수도 있고, 지금까지처럼 공장으로서도 공방으로서도 사용할 수 있지만 단지 그뿐인 환술이야! 시간 역행 같은 게 아니니까 믿으면 안 돼. 닷새 정도 후면 세계가 속았다는 사실을 알아채서 원래대로 무너질 테니 그동안 은폐 공작 잘 해 둬~!]

프란체스카는 끝으로 책임을 내팽개치는 말을 남기고서 통신을 끊었다.

팔데우스는 고개를 들고 천장에 가려 보이지 않을 터인 비행선을 노려보며 말했다.

"…만약 다음 기회가 있다면, 그때는 시작하기 전에 당신을 제거할 겁니다. …프란체스카 씨."

"이상한 보고가 들어왔습니다."

어쨌든 팔데우스는 은폐공작을 시작해야겠다 싶어 사막에서 폭발을 일으켰던 것과 같은 회사가 연쇄적으로 사고를 일으켰다는 식으로 처리할까 생각 중이었다.

그런 그에게 알드라가 보고를 해 왔지만 그것은 그리 중요치 않은 것이었다.

"클랜 칼라틴의 멤버가 현지로 향했다는 보고는 들었습니다. 사람을 물리는 결계 등을 써서 대피 유도를 한 거겠죠."

보고의 내용은 '공장지구 주변에 살고 있는 대량의 시민이 일제히 중앙지구며 주택가로 대피를 개시했다'는 것으로, 팔데우스가 보기에는 그 폭발음과 붕괴음 등을 들었으니 자진해서 대피하는 것이 오히려 당연해 보였다.

그렇기에 그는 무엇이 이상한지 그 자리에서 알아채지 못했다.

공장지구의 소동이 수습된 것과 교대라도 하듯, 더욱 성가신 것이 각성해 버렸다는 사실을.

×   ×

　꿈속.

　"공장 쪽 사람들, 괜찮을까."
　"응. 분명 괜찮을 거야…. 아, 저것 좀 봐! 다들 이쪽으로 왔
어! 도시 쪽으로 피난해 온 거야!"
　소년이 가리킨 방향에서 시민들이 우르르 걸어오는 모습을
본 츠바키는 안도의 한숨을 내쉬었다.

　조금 전, 공장 방향에서 천둥 같은 소리가 나자 친구가 된 제
스터가 "공장 쪽에 불이 났나 봐."라는 소리를 했다.
　─"아아, 불이 났다는 건 분명 사람들이 있다는 뜻일 거야.
괜찮으려나. 다들 잘 피했을까."
　그렇게 걱정하는 제스터를 보자 츠바키도 불안해져서 그만
'새까망 씨'에게 말하고 말았다.
　─"공장 근처에 있는 사람들, 잘 도망쳤으면 좋겠다."
　그 등 뒤에서 자신을 제스터라 소개한 소년이 사악한 미소를
짓고 있는 줄도 모른 채.

이렇게 공장지구 주변에 살던 주민 12만 명이 남모르게 '병'에 감염되었다.

소년의 탈을 쓴 흡혈종만이 그 의미를 정확히 이해한 가운데—

도시는 온화하게, 하지만 착실하게 비극을 향해 굴러가기 시작했다.

불과 반나절 후, 그것을 막으려는 자들이 나타날 줄도 모른 채.

막간
『삼류 희극의 무대 뒤』

시그마가 세이버 일행과 해후한 당시까지 시간을 거슬러 올라가서.

시그마가 '본인도 성배전쟁에 참가 중인 마스터'라고 밝혔을 때, 자신을 아야카라고 소개한 동양인 여자는 약간 경계하는 듯했지만, 세이버는 딱히 신경 쓰지 않고 낭랑한 투로 물었다.

"아무리 그래도 영령까지는 소개시켜 주지 않겠지?"

"…이쪽이 든 패를 내보일 수는 없지."

고개를 가로젓는 시그마의 옆에서 그를 관찰하고 있던 여자 어새신이 입을 열었다.

"채플린, 이라고 불렀다."

"……."

입을 다문 시그마는 개의치 않고 아야카가 놀란 듯 눈을 휘둥그렇게 뜬 채 말했다.

"아, 그 이름은 나도 들어 본 적 있는데…."

"어제 라이브하우스에서 본 영화 중 그 배우의 영화가 있었는데?!"

세이버 역시 노골적으로 눈을 빛내기 시작했다.

"……."

시그마는 감정이 희박한 탓에 식은땀 같은 것은 흘리지 않았지만, 이번만은 일이 성가셔졌다고 생각할 수밖에 없었다.

'워처'라는 서번트와 계약했다기보다는 '씌었다'고 표현하는 편이 옳을 경우를 그대로 설명하면 어떻게 될까.

이야기를 믿어 줄 경우, 잘만 처신하면 살아남을 수는 있을지도 모른다.

조금 전 어새신에게서 도망칠 때 '그림자'들이 해 줬던 조언으로 미루어, 분명 자신의 '정보를 끌어낸다'는 능력은 매우 강력한 것이라 할 수 있었다.

자신을 보급물자라 생각하면, 누구 할 것 없이 자신을 죽이기보다는 이용하는 편이 이득이라 생각하지 않을까?

그런 의문이 머리를 스쳤지만 생각을 바꿀 정도는 아니었다.

이미 자신은 병사 A가 아닌 시그마로서 이 싸움에 임하기로 결심했다.

인생을 바꿀 정도의 결의는 아닌 데다, '그림자'들에게 떠밀려 정한 것이라 아직 매우 불안정한 목표이기는 했지만 적어도 고용주인 프란체스카에 대한 의리를 지키기 위해 '나는 병사 A인 채 있어도 상관없어!'라고 생각할 이유도 없었다.

시그마는 죽고 싶지 않다는 이유만으로 삶의 방식을 결정하는 것은 좀 그렇지 않나 싶었지만, 적어도 눈앞에 있는 영령들과 섣불리 적대했다가 수명을 깎아 먹는 것보다는 낫겠다 싶어, 일단 자신의 영령의 능력은 감춘 채 우호적으로 이야기를 몰고 가기로 했다.

"이름도 들통 났으니 소개해 주지 않겠어? 무대 배우에게는 경의를 표하고 싶거든."

"…배우는 영화로 자신을 보이는 법이라 평소 모습으로는 사람들 앞에 나서지 않는다는군."

세이버의 물음에 적당한 이유를 지어내기는 했는데, 아무리 그래도 너무 어색한 이유가 아닐까.

그렇게 생각하는 시그마는 아랑곳 않고 세이버는 힘껏 고개를 끄덕였다.

"오호, 납득이 가는군."

"어째서…."

아야카가 뚱한 눈으로 세이버를 쳐다보았지만 그녀도 그 이상은 추궁하지 않았다.

어쨌든 간이적인 부전협정을 맺은 뒤, 시그마는 혼자 방으로 돌아가서 안도의 한숨을 내쉬었다.

서로의 입장은 최대한 비밀로 하기로 했다. 이쪽도 아야카의 속사정은 캐묻지 않을 테니, 저쪽도 이쪽의 입장이며 소속은 묻지 않기로.

그렇게 제안하자 의외로 세이버가 냉큼 OK했다.

저 세이버는 기본적으로 아무 생각도 없이 늘 자신의 감과 감정을 우선시해서 살고 있는 것은 아닐까.

문득 그런 생각을 한 직후, 오히려 그게 더 무시무시한 일이 아닌가 하는 생각이 들었다.

감정을 우선시했음에도 불구하고 영웅으로서 세계에 존재를 각인시켰다는 것은 그만한 힘을 가지고 있다는 뜻이다.

그러던 중, 어느새 옆에 와 있던 기사의 모습을 한 '그림자' 중 한 명이 말을 자아냈다.

"감이 좋군. 저건 그야말로 그런 부류의 왕이다. 그때 그때 자신의 감정을 가장 우선시하는 부류의 격정가지. 진명은 리처드. 사자심왕…이라고 한들 네놈은 모를 테지. 애초에 네놈은 아서왕이며 성배 탐색에 관한 이야기를 알기는 하나?"

"그 정도는 나도 알아. 몬티 파이튼의 희극영화[*]지."

"……."

기사는 어째서인지 침묵한 후 사라졌고, 대신 나타난 선장이 말을 이었다.

"어쨌든 뭐, 그 리처드라는 애송이는 감정적이고 전장을 제집 마당처럼 활보한, 그야말로 사람의 탈을 쓴 사자 같은 남자였지만, 그럼에도 민중에게서는 절대적인 인기를 모은 녀석이다. 어쩌면 뒤로는 인심을 조종하기 위한 권모술수를 썼을지도 모르는 녀석이니 조심해라."

※몬티 파이튼 : 영국의 대표적인 코미디 그룹. 75년에 〈몬티 파이튼과 성배〉라는 작품을 발표.

요컨대 '방심하지 마라'는 뜻인 듯했다.

확실히 저렇게나 간단히 사람을 믿는 것은 속임수일 가능성도 있었다.

등 뒤에서 칼이라도 맞지 않도록 조심하자는 생각과 동시에, 언제까지 부전협정을 유지할 수 있을까 하는 걱정이 밀려들었다.

─오늘 밤은 넘겼으니 다행이지만 앞으로 어떻게 움직여야 할지.

첫 번째 목적은 '살아남는 것'이다.

그 생각은 어새신과 대치하고서 더욱 강해졌다.

평소 임무보다 죽음의 그림자가 훨씬 짙게 드리워 있었다.

미국의 도시부에 있음에도 마치 어릴 적에 살았던 '그 나라'에 있는 듯한 향수가 느껴지기 시작해서 시그마는 문득 생각했다.

평범한 인간이라면 좀 더 무서워하거나 초조해 하거나 할까.

적어도 자신이 임무 수행지에서 만난 자들은 이와 같은 경우에 처했을 때, 더욱 필사적으로 살려고 발버둥 쳤던 듯했다.

─뇌도 많이 조작당한 내가, 평범한 사람과 자신을 비교하는 것 자체가 이상한 짓일까.

작은 소리로 한숨을 내쉰 후, 그는 역시 자신이 당분간 삶의 낙으로 삼을 것은 수면과 안정된 식사면 충분하다고 생각했다.

이 나라에서는 평범한 가정이라면 가만히 있어도 향유할 수 있는 것이기는 했지만, 시그마는 그렇지 못한 나라—이를테면 자신의 고향에 관해서도 아는지라 수면과 식사는 확실히 가치가 있는 것이라는 인식이 있었다.

—그런 의미에서 가장 안정적인 건, 역시 나라의 후원이 있는 팔데우스와 손을 잡는 방법이겠지만…. 아마 이 성배전쟁이라는 건 그냥 무리 짓기만 해서는 살아남지 못할 것 같은, 그런 예감이 들어.

그 후, 날이 밝을 때까지 이런저런 생각을 하던 참에 당사자인 팔데우스에게서 연락이 왔다.

[…'가축'이 '결핍'에게. 뭔가 움직임은 있었나?]

"…어새신 같은 여성이 저택에 나타나 습격을 받았습니다."

[……? 아아, 경찰서를 습격한 쪽인가…. 용케 살아남았군. 아니면 자네가 불러낸 영령이 우수했던 건가…? 여자 어새신은 어떻게 됐지?]

팔데우스가 놀란 기색이 희미하게 전해져 왔다. 마술사로서의 평가는 낮은 탓에 성배전쟁의 첫 전투에서 살아남으리라고는 생각지 않았던 것이리라.

"그후, 세이버와 그 마스터가 찾아와서 정전을 제안하기에 받아들였습니다."

[…뭐라고?]

계속해서 보고하자 팔데우스는 몇 번이나 침묵과 고민을 반복한 후, 시그마에게 최소한의 지시를 내렸다.

상대의 정보를 캐내며 영웅왕이나 그와 동급인 랜서를 상대하기 위해 공동전선을 제안하라는 지시였지만 솔직히 말해서 그건 어렵지 않을까 싶었다.

왜냐하면 그 지시를 받은 순간, 기계장치 날개를 단 '그림자'가,

―"아, 이미 영웅왕과 동급인 랜서… 엘키두와는 동맹을 맺었는데요? 저 세이버 씨 쪽은."

…라고 말했기 때문이다.

팔데우스에게 그것을 보고해야 할지 말아야 할지 고민하고 있던 중, 저쪽에서 먼저 물어 왔다.

[그런데 자네가 계약한 영령의 정체는 판명됐나?]

"네, 제 영령은…."

적어도 팔데우스에게는 정확히 보고해야 할까.

그렇게 생각한 그의 등 뒤에서 선장이 히죽히죽 웃으며 말했다.

"조심해라, 뒤에서 어새신이 감시하고 있으니까."

"……."

화장대에 놓인 거울을 흘끔 쳐다보니 거기에 비친 방구석의

그림자가 평소보다 짙은 듯했다.

그리고 '그림자'는 중요한 사실을 일부러 말하지 않기는 해도 거짓말을 한 적은 없었다.

적대하는 사이가 될지도 모르니 중요한 요소는 최대한 감춰야 한다고 생각한 시그마는 모르는 척을 하며 담담히 대답했다.

"…채플린입니다. 랜서 찰리 채플린. 그것이 제가 소환한 영령입니다."

[……. …미안하군, 다시 한번 말해 주겠나?]

"랜서 찰리 채플린입니다. 보구 등은 추후에 물어보겠습니다. 영주를 써서 강제적으로 묻는 것은 좋은 방법이 아니라 판단되니까요. 그럼 실례하겠습니다."

이어폰형 마술통신기로 연락을 마친 후, 한숨을 내쉰 참에 등 뒤에서 목소리가 들려왔다.

"…방금 대화한 것이, 네가 믿는 동맹자인가?"

"…있었나요, 어새신 씨?"

"나는 너를 완전히 믿은 것이 아니다. 질문에 답해라."

후드 틈새를 통해 날카로운 눈빛으로 자신을 노려보는 어새신에게 시그마는 답했다.

"나는, 아무도 안 믿어. 고용주도, 나 자신도. 신도 악마도, 내가 사용하는 마술이라는 것도 안 믿어."

"……."

그러자 여자 어새신은 당황한 듯 말했다.

"너는, 기도를 바칠 신이 없는 건가?"

"……? 아니, 나는… 신의 은혜라는 걸 아직 몰라."

어새신이 새삼 묻기에 시그마는 어째서 자신이 신을 믿지 않는지를, 남들이 알아듣기 쉽게 전달하려면 어떻게 하면 좋을지 생각하며 말을 자아냈다.

"…태어난 것 자체가 신의 은혜라고 할 정도로 삶에 의미를 둬 본 적이 없어. 태어난 지 얼마 안 돼서, 눈도 뜨기 전에 죽은 고향 아이들을 봐 왔고, 태어나지도 않은 태아를 어머니의 배 속에서 끄집어내 마술실험에 사용하던 사람들이 나를 키웠으니까. 사람을 죽이는 마술병기로 만들기 위해서."

객관적으로 들으면 무겁기 그지없는 과거였지만 시그마는 매우 담담히, 사실을 나열하듯 어새신에게 말했다.

"나를 키운 사람들은… 그 나라를 움직이는 사람들이야말로 신이라고 말했어. 하지만 그 나라는 멸망했지. 마술사를 자칭하는 녀석들에게. 그러니 애초에 나는 신이라는 것이 무엇인지 잘 몰라. 모르는 것을 모르는 채 믿는 건, 상대에게 실례라고 생각하거든."

—무슨 소릴 하는 거지, 내가?

—이래서는 전해지지 않을 텐데. 게다가 무심결에 솔직하게 대답했는데, 아무도 믿지 않는 나를 남이 무슨 수로 믿겠어.

아무래도 처음부터 답을 잘못한 것 같다는 생각이 들어 시그마는 깊이 후회했다.

하지만—

"…그런가. 미안하다. 괴로운 일을 떠올리게 해서."

그렇게 말하는 여자 어새신의 목소리에서는 조금 전까지 남아 있던 적의가 말끔히 사라져 있는 것은 물론이고, 어째서인지 자애 같은 것마저 느껴졌다.

"네가 침울해 할 것 없어. 흔한 일이니까. 지금도 전장에 있는 고향 용병들에 비하면, 나는 분명 운이 좋은 부류이겠지. 그렇다는 실감이 잘 안 나기는 하지만."

하지만 1년의 태반을 마수며 영락한 마술사 등과 싸우며 지내던 시그마는 프란체스카에게 고용되어 있는 동안 이렇게 도시부에 와서 TV 등으로 전쟁터 광경을 볼 때, 조금만 운이 없었다면 자신은 저기서 어릴 적에 객사했으리라는 생각을 하기도 했다.

하지만 현재 자신이 놓인 경우가 '신의 은혜' 덕이라는 생각은 도무지 들지 않았다.

그런 시그마에게 여자 어새신이 살며시 고개를 가로저으며 말했다.

"슬픔과 고통에 물든 자들은, 세상 어디에나 있다. 고통도 슬픔도, 인간 세상에서는 기쁨과 쾌락처럼 평등하다. 하지만 그렇다고 그것을 평범한 일이라고 웃어넘길 수 있을 리가 없지."

여자 어새신은 눈을 가늘게 뜬 채 시그마를 바라보며 말했다.

"너는 지금까지 대치해 온 마술사들과는 다르군. 정말로, 아무것도 믿지 않는⋯ 그런 눈을 하고 있다. 하지만 너의 그것은 만상을 부정하는 것이 아니라, 아직 자신이 믿을 가치가 있는 것을 모르는 것뿐이겠지."

어새신이 자신의 내면을 들여다본 듯한 기분이 들어 시선을 돌릴 뻔했지만, 빨려들 듯 깊은 그녀의 눈빛 탓에 시선을 돌릴 수가 없었다.

"지금의 나는 미숙한 데다, 마물의 마력으로 더렵혀진 몸. 본래는 네게 신앙에 대해 설파해야겠지만, 그럴 자격도 잃었다."

자신을 탓하듯 말한 후, 어새신은 시그마에게 말을 선사했다.

"하지만 네게 언제고 생길 믿을 가치가 있는 것이, 부디 선량한 것이기를 바라마."

'기도한다'가 아니라 '바란다'라고 말한 후, 어새신은 그 자리를 뒤로했다.

"⋯⋯."

그대로 얼마간 멍하니 있던 시그마에게 등 뒤에서 누군가가 말을 붙여 왔다.

"왜 그래? 설마 한눈에 반하기라도 한 거냐, 엉?"

우람한 대장부처럼 생긴 '그림자'가 그렇게 말하기에 시그마는 가만히 고개를 가로저었다.

"아니…. 그냥, 프란체스카의 '생떼' 말고, 누군가가 나를 위해 무언가를 바라 준 건 처음인 것 같아서."

시그마는 잠시 생각한 후, 그림자에게 물었다.

"저기, 수면과 식사는 선량한 것일까?"

"아니, 애초에 수면은 신앙의 대상이 아니잖아."

×   ×

그로부터 몇 시간 후, 의자에 앉아 쪽잠을 자던 시그마는 선장의 목소리를 듣고 일어났다.

"이봐, 애송이. 깨어 있나?"

유사시에 대비해 얕은 잠에 들도록 조절해 두었던 시그마는 그 즉시 목소리에 반응했다.

"무슨 일이야?"

"위험할 때가 아니면 묻기 전에는 말해 주지 않으려 했는데. 주변에 애송이 네 동료인… '가시덩굴'인가 하는 팀이 산개해 있다."

"——!"

가시덩굴이라는 것은 팔데우스의 실행부대 중 하나에게 주어진 코드네임이었다. 팔데우스는 '가축', 시그마에게는 '결핍'

이라는 것이 할당되었는데 좌우간 그중에서도 '가시덩굴'은 중무장을 한 대(對) 마술사 공격 팀으로, 시그마도 란갈이라는 인형사의 몸을 총탄으로 산산이 부수는 모습을 사역마의 눈을 통해 관측한 바였다.

"크큭. 신용이 없는 모양이구나, 애송이. 팔데우스라는 자식은 녀석들에게 너를 감시하라는 명령을 내렸더군. 워처는 마음까지 들여다볼 수 있는 건 아니니, 최종적으로 팔데우스가 애송이 너를 어떻게 요리할 생각인지는 모르겠지만 말이다."

솔직히 말해서 시그마의 실력으로 저 부대 전체를 상대하기란 불가능했다.

만약 '처리해라'라는 명령을 받았을 경우, 서번트가 실질적으로 전력이 되지 않는 현재로서는 상대가 되지 않을 것이다.

워처의 힘으로 부대 전원의 행동을 파악할 수 있다 한들 동네 깡패 집단이면 모를까, 진형을 갖춘 대 마술사 부대를 돌파할 화력이 없었다.

—과연, 내가 믿지 않는 이상 저쪽도 믿지 않는 게 당연하지.

—…그럴 리는 없겠지만, 채플린이라고 한 게 거짓말이라는 사실이 들통 났을 가능성도 있고.

아무래도 정말로 속일 수 있을 것이라 생각한 듯한 시그마의 마음을 알아챈 '그림자'가 뭐라 말을 하려 했지만, 그들이 행동에 나서기 전에 시그마는 걸음을 옮겼다.

화력을 얻기 위해 그가 빚을 지워 둠과 동시에 돌려받을 궁리를 하며.

그는 통신 중인 척을 하다 중간에 발견한 어새신에게 우선 말했다.

"…방금 본래의 고용주에게서 연락이 왔어. 이 저택은 국가의 특수부대에게 포위당했다더군."

본래의 고용주—프란체스카의 이름을 팔며 시그마는 생각했다.

지금까지처럼 누군가의 명령대로 움직이는 것이 아니라—

그저 자신이 살아남기 위해, 자신의 의지로 어떠한 길을 걸어갈지를.

하다못해 그 길의 한 걸음 앞 정도는 비출 수 있는 힘이 생기기를, 자신과 '워처'에게 바라며.

12장

『2일차. 낮.
천재(天才)는 한 대에 이루어지지 않고
모든 마술은 천재(天災)와 통하니』

에스카르도스 가문은 지중해 인근의 마술사 가문 중에서도 특히나 오래된 가문이었다.

일설에 따르면 시계탑이 성립되기 전—그 유명한 마법사 키슈아 젤레치 슈바인오그를 비롯해서 기원전후부터 수 세기에 걸쳐 활약한 마술사들과 행동을 함께했다고도 하지만, 시계탑에서 그 이야기를 믿는 자는 없었다. 무엇보다도 당사자인 에스카르도스 가문의 후계자들이 그 가설을 믿지 않았다.

좌우간 그들은 그토록 오랜 역사를 지닌 마술사 가문임에도 변변한 실적을 거두지 못한 데다 마술각인도 그저 오래되었을 뿐, 각인에 새겨진 술식의 태반이 '대체 무슨 마술인지, 이어받은 본인도 이해가 안 되는 것들'이라 술식처럼 보일 뿐 허세에 불과하지 않을까, 하고 자손들이 의심의 눈초리를 보낼 정도였기 때문이다.

그럼에도 마술각인의 기능에는 고도의 생명유지기능 등이 남아 있어, 간신히 오랜 명가로서의 위엄을 유지하고 있는 상태였다.

에스카르도스 가문은 대대로 자잘한 마술특허를 만들어 내며 혈맥을 유지해 왔으나 시계탑에서도 '아아, 그 잘난 건 역사뿐인 에스카르도스 가문?'이라는 야유를 받고 있었다.

당주들은 근 수백 년 동안 마술회로로만 발달했다면, 하고 대대로 고민해 왔다.

희한하게도 대대손손 계승해 온 마술회로는 줄기 수가 적었고, 아무리 좋은 마술사의 피를 이어도, 몇 대 동안 그런 일을 반복해도 아주 조금씩밖에 회로가 발달하지 않았기 때문이다.

하지만 쇠퇴하는 것보다는 낫다고 생각했다.

마술회로도 마술각인도 성장이 멈춘 것은 아니었다.

어떤 의미에서 그토록 오래된 가문임에도 불구하고 아직 마술각인의 수명이 다할 징조도 보이지 않는다는 사실은 놀랄 만한 일이었고, 그 점만은 시계탑에서도 때때로 연구대상으로 논의되기도 했다.

각인이 한계를 맞이하고 회로도 서서히 쇠퇴해, 마술사로서 사라져 가는 흐름에 삼켜진 마키리 가문보다는 낫다며. 그리고 자신들은 저렇게 되지 않을 것이라며 필사적으로 마술사로서의 기반을 다지기 위한 노력을 계속했다.

주변 마술사들로부터 부질없는 발버둥이라는 빈축을 사 가면서.

그것이 수백 년 이어진 어느 날―에스카르도스 가문에 어떤 '이변'이 태어났다.

마술회로의 수가 선대와는 그야말로 '차원이 다른' 수준이라 몸의 구석구석까지, 마치 모세혈관처럼 퍼져 체내마력이 순환하고 있었다.

마술을 컨트롤하는 천재적인 기술과 과거의 마술을 조합시켜 독자적인 마술을 개발하는 독창성, 그리고 일족 중에서도 비견할 자가 없는 마술회로.

그야말로 이상적이라 할 수 있는 후계자가 탄생한 것이다.

하지만 그토록 바랐던 능력을 지닌 후예는, 그때까지 무력했지만 안정적이었던 에스카르도스 가문을 크게 뒤흔들어 놓았다.

그의 재능이 싹을 틔움과 동시에―그에게는 '마술사'로서 가장 중요하다고 할 수 있는 '마음가짐'이라는 것이 완전히 결여되어 있다는 사실이 밝혀졌기 때문이다.

소년에게는 어릴 적부터 '그것'이 보였다.

그래서 소년은 '그것'이 당연한 일이라 생각했고, 다른 사람들에게도 그냥 보일 것이라 생각했다.

하지만 그 생각이 틀렸음을 금세 알아챘다.

자신이 마술사라는 특수한 가문의 일원이라는 사실을 들은 것은 아직 열 살도 채 되지 않았을 때였다.

그 사실을 안 후에는 마술사라서 '그것'이 보이는 것일지도 모른다고 생각했다. 하지만 부모님이나 그들과 교류가 있는 마술사들과 이야기를 하다 보니 그 생각도 틀렸음을 알 수 있었다.

아무래도 부모님은 자신과 같은 세계를 보고 있지 않은 듯했다.

감각적으로 그 사실을 깨달은 소년은 공포를 느꼈다.

그 공포의 본질을, 구체적으로 타인에게 전달할 방법을 알지 못한 채.

부모는 처음에 아들의 이상성을 알아챈 순간, 자신들의 아이가 일종의 망상에 사로잡혀 있는 것이 아닐까 싶었지만—검증이 거듭될수록 아무래도 소년의 말이 진실인 듯하다는 판단을 내릴 수밖에 없었다.

에스카르도스 가문의 아들은 강력한 마안 소유자임이 틀림없다며 일시적으로 큰 소란이 일었지만 소년의 두 눈은 평범한 안구였다. 그럼에도 불구하고 '그것'이 명확하게 보인다고 하니 주변 마술사들은 고개를 갸웃할 따름이었다.

당사자인 소년에게 그것은 평범한 일이었지만, 주변 사람들은 '네가 어째서 인간인데도 아가미로 호흡하는 건지 해명할 수가 없다'는 눈으로 그를 쳐다보았고, 소년 본인도 서서히 그 '보이는 것'을 성가시다고 생각하기 시작했다.

왜냐하면 그 '보이는 것' 때문에 **부모님에게 몇 번인가 살해당할 뻔했기 때문이다.**

하지만 그 '보이는 것' 덕분에 살아남았으니 완전히 부정할 수도 없었다.

마술은 좋아하는데, 인간도 좋아하는데, 그 둘과 밀접하게 연관된 '그것'을 싫어하게 되면 어떻게 될까.

어린 나이에 그런 불안감을 떠안고 있던 소년은 어느 선연船宴—카사로 향하던 도중인 마술사, 혹은 그에 가까운 것으로 보이는 여성과 만났다.

항구에서 길을 안내해 달라는 부탁을 받은 소년과 잡담을 나누던 중에 여성은 상대에게 고민이 있다는 사실을 알아챈 듯했다.

'마술에 관한 고민이 있다면 우선은 배우도록 해. 가족이 도움이 안 된다면 시계탑에 가 보는 것도 좋고.' 여성은 쾌활한 투로 그렇게 말하고는 호화객선에 올라탔다.

그 여성 마술사의 말이 마음에 남은 소년은 '시계탑에서 배우면 나 자신에 대해 알 수 있을지도 몰라.'라는 생각에 자신을 상대로 한 다섯 번째 살해계획이 실패한 참인 부모에게 상담했다.

집을 떠나 시계탑에서 배우고 싶다고. 아직 열 살도 채 되지 않은 소년이.

결과적으로 부모는 혹을 떼어 내듯 소년을 쫓아냈다.

표면적으로는 드디어 태어난 기린아를 세상에 선보일 겸 시계탑에 보내는 것처럼 보이게끔 해서.

실제로 이상하도록 줄기가 많은 마술회로를 지녔으며 나이에 비해 매우 고등한 마술을 자유자재로 사용하는 소년을 본 교수들은 시계탑의 역사에 이름을 새길 수재가 나타난 것인지도 모른다며 수런거렸다.

　하지만 세상은 그렇게 호락호락하지 않았다.

　소년은 유례를 찾아볼 수 없는 마술회로와 그를 제어하는 재능을 지녀 기대를 모았으나—마술사로서는 야생마 같은 특성인 '마술회로와 마술센스는 일류, 하지만 마술사로서의 마음가짐이 완전히 결여되어 있다'는 부분을 좀처럼 교정하지 못했고, 강사들은 서서히 그를 꺼리기 시작했다.

　일류 원석이 있음에도 연마할 수가 없는 데다, 그 원석이 원석인 채로도 잘 연마된 보석보다 밝은 빛을 내뿜는 모습을 보고 자신의 잇속을 챙기려던 강사들 중 대부분은 자존심에 상처를 입었고, 최종적으로는 소년을 쫓아내기에 이르렀다.

　그렇게 강사들 사이를 전전하던 중, 로코 벨페반이라는 교수는 끈기 있게 소년을 교정하고자 했다. 이윽고 그 노교수는 소년의 **성격과는 다른 부분에** 고개를 갸웃하기 시작했고, 어느 날 문득 제안했다.

　막 교실을 연 신참이기는 하지만 별난 특성을 지닌 남자가 있다고.

　시계탑의 로드 중 한 사람이라는 입장이기는 하지만 감성이

통상적인 마술사와는 다소 다른 남자로, 그 남자라면 소년이 바라는 것을 가르칠 수 있을지도 모른다고.

　이렇게 소년은 그 신참 로드인지 뭔지를 만나러 가게 되었다.
　하지만 소년은 '분명 또 쫓겨난 걸 거야.' 하고 슬퍼하며 다음 교사도 분명 같을 것이라 생각했다.
　─나는, 병이 있는 건지도 몰라.
　─마술사답게 굴려고 노력하고 있는데, 어째서 안 되는 걸까.
　─선생님한테 또 미움을 산 걸까.
　─다음 선생님은 언제 나를 미워하게 될까.
　그런 생각을 하면서도 소년은 미소를 지으려 했다.
　필사적으로 미소를 지으려고 자신의 안면 근육에 마술을 걸었다. 배운 적은 없지만 어떻게 하면 미소를 지을 수 있는지는 어릴 적부터 **알았다**.
　마술사답게 굴기 위해 소년은 최대한 밝은 억지웃음을 계속해서 구축했다.
　몇 번이고. 셀 수 없이. 계속해서. 미소를 지은 것처럼 보이도록 근육을 고정하는 마술을 거듭 걸었다.
　그것이 영원히 되풀이되지는 않을까 싶어 소년이 좌절하려던 그때─
　그 남자가, 소년 앞에 나타났다.

"자네가, 플랫 에스카르도스인가? 마나와 오드의 구분 없이, 지식조차 없는 상태로 수많은 마술을 다룰 수 있다는 소년?"

방에 들어온 플랫의 앞에 나타난 것은 미간에 주름이 잡힌, 찡그린 표정을 짓고 있는 젊은 남자였다.

키는 무척 컸고, 머리카락도 매우 길었다.

그리고 그 무엇보다도 플랫의 눈길을 끈 것은—그 남자가 지금까지 강사를 자칭했던 자들 중 가장 내포 마력이 낮다는 사실이었다.

이상하다는 듯 쳐다보고 있자 그의 등 뒤에서 작은 그림자가 불쑥 얼굴을 내밀었다.

그것은 짐승처럼 으르렁거리며 날카로운 눈빛으로 이쪽을 노려보는 동년배 어린애였다.

"선생님! 선생님! 이 녀석 엄청 지저분한 냄새가 나요! 제가 부숴도 될까요?!"

"그만둬라, 스빈. 그는 정식으로 찾아온 손님이다. 지금은 말이지."

선생님이라 불린 그 마술사는 막 방에 들어온 소년에게로 다시 고개를 돌리더니 붙임성 있는 미소를 건네기는커녕 퉁명스러운 얼굴로 입을 열었다.

"뭐지, 그 얼굴은? 나를 시험하는 건가? 아니면 무시하는 건가? 그도 아니고 그게 자네 나름의 처세술이라면, 당장 그만두는 게 좋을 거다."

"네?"

"어린애가 마술로 억지웃음 같은 거 짓지 말라는 말이다."

"——!"

소년은 놀랐다.

자신은 완벽하게 마술의 기척을 차단하고 있어서 다른 사람에게 자신이 마술로 웃고 있다는 것을 들키지 않을 자신이 있기 때문이다.

어쩌면 이 사람은 **자신과 같은 것을 보고 있는** 것이 아닐까?

한순간 기대했지만 그렇지 않음을 금세 알게 되었다.

"뭐지? 뭔가 묻고 싶은 것이라도 있나?"

"…네. 어떻게 아신 거죠?"

"보면 누구나 알 수 있지. 미소를 지을 때 움직이는 소협골근과 소근과 구각거근의 움직임이 본래의 기능을 무시한 순서로 움직이고 있으니. 마술을 써서 억지로 표정을 고정하고 있다는 증거지. 자네는 결과를 중시하여 그것을 답습하려 한 것일 테지만, 과정을 관찰하는 일은 게을리한 것 같군. 지식도 없는 상태로 마술을 다루는 일에 능한 탓에 발생한 미숙한 사고방식이야. 재능은 인정하지만 고치는 게 좋을 거다."

단박에 소년의 기대와는 다른 답으로 해설을 했지만, 그렇다고 실망을 하지는 않았다.

눈앞에 있는 키 큰 마술사 역시 자신과 보고 있는 세계가 달랐다.

하지만 그는 소년의 부모, 그리고 다른 마술사들과도 다른 것을 보고 있는 듯한 기분이 들었다.

아직 이 시점에서는 작은 예감에 불과했지만 소년은 자신의 안면에 건 마술을 풀고 오랜만에 떠오른 진짜 미소를 지은 채 마술사에게 고개를 꾸벅 숙였다.

"저는 플랫이라고 해요! 앞으로 선생님 교실에서 신세 좀 질게요!"

"…거절한다. 라고 하고 싶지만 벨페반 공의 추천장이 있으니 내칠 수가 없군."

마술사는 한숨을 내쉬더니 소년—플랫을 날카롭게 노려보며 말을 이었다.

"뭐, 됐다. 곧 수업이 시작된다. 구석에라도 앉아 분위기에 적응하도록."

그러자 마술사 옆에 있던 아이—스빈이라 불린 소년이 눈을 동그랗게 뜬 채 마술사와 플랫을 번갈아 보며 외쳤다.

"에엑?! 진짜로 이 녀석이 제 후배가 되는 건가요?! 이 따끔따끔한 냄새, 분명 선생님을 곤란하게 할 텐데요! 물리기 전에 물어뜯는 게 좋을 거라고요!"

"와아, 물어뜯겠다니 루시앙―개 같네…. 하지만 뭔가 멋져!"

"봐요! 이 녀석, 이렇게 못 알아들을 소리를 하고 있는데 거 짓말은 안 하는 냄새라고요! 완전히 망가진 냄새예요! 위험해 요! 교실이 망가지기 전에 망가뜨리자고요!"

짐승처럼 깽깽 짖어 대는 스빈을 본 플랫은 어쩐지 기뻐졌 다.

지금까지 교실에 있었던, 멀찌감치 떨어져서 기분 나쁜 물건 을 보는 듯한 눈으로 자신을 쳐다보던 견습 마술사들과는 달리 짐승 같은 적의라고는 해도 이렇게까지 직접적으로 감정을 부 딪쳐 오는 것이 플랫에게는 신선하게 느껴졌기 때문이다.

플랫은 설레는 가슴으로 눈을 빛내며 늑대나 호랑이, 사자를 연상케 하는 짐승 같은 냄새를 풍기는 소년의 얼굴을 쳐다보며 뭐라뭐라 중얼거리기 시작했다.

"로보가 좋을까… 베토가 좋을까… 아니, 역시 루시앙이 좋 으려나…."

"잠깐 있어 봐! 그거 설마 내 호칭 후보는 아니겠지?!"

당장이라도 덤벼들 듯한 스빈의 머리를 억누르며 남자 마술 사가 한숨을 내쉬었다.

"조용히 해라. 둘 다 쫓겨나고 싶은 거냐?"

그러던 중 젊은 마술사들이 차례로 들어왔다.

아무래도 플랫 말고도 신규 수강자가 여럿 있는지 어떤 자는 "저분이 로드…!" 하고 눈을 빛냈고 어떤 자는 "저분이 로드…?" 하고 고개를 갸웃하며 마술사를 관찰했다.

플랫이 시키는 대로 교실 구석에 앉고 짐승 같은 소년이 제일 앞줄 가운데 자리에 진을 치자 그 마술사는 교실에 있는 일동에게 자신의 이름을 밝혔다.

"현대 마술과, 3급 강사 웨이버 벨벳…이라는 건 얼마 전까지 쓰던 이름이다."

그 후 플랫을 비롯한 수많은 마술사들의 운명을 변화시키게 되는, 시계탑의 역사에 남을 남자의 이름을.

"지금은 2세. 로드 엘멜로이 2세라는 이름을 빌려 쓰고 있다."

×　　　×

2일차. 낮. 중앙거리.

첫 만남으로부터 10년 전후의 시간이 경과한 후, 분명 플랫의 운명은 변화했다.

세계의 등쌀에 밀려 구석에 틀어박히려던 흐름에서 이렇게 멀리 떨어진 미국 땅에서 행해진 성배전쟁에 참가할 정도로 아

크로배틱한 변화를 경험하게 된 것이다.

그 대가로 엘멜로이 2세도 위장병을 앓게 되었지만, 그것은 또 다른 이야기다.

"그럼 가 볼까요, 버서커 씨."

"그래, 그러지."

플랫은 현재, 경찰로 변신한 잭이 채운 수갑을 차고 있었다.

그리고 그대로 스노필드 중앙거리에 위치한 경찰서 앞까지 와 있었다.

아무리 그래도 그냥 올 정도로 플랫도 머저리는 아니라서 변장을 하고 체내 마력의 흐름을 조절하여 결계 등에도 마술사로 감지되지 않도록 조치를 취해 두었다.

모자를 깊이 눌러쓰고 선글라스를 쓰고, 어울리지도 않는 가죽점퍼를 입은 플랫이 입을 열었다.

"우와~ 이거 놔. 놓으라고~ 나는 억울해~ 아내는 내가 죽인 게 아니야~! 한쪽 팔이 의수인 남자가 진짜 범인이라고~!"

"음, 자네는 아무 말 안 해도 되네."

"그, 그런가요?"

완전히 국어책이라도 읽듯 아우성을 치던 플랫은 잭의 말을 듣고 풀이 죽어 터벅터벅 뒤를 따랐다.

그러다 입구에 접어든 참에 걸음을 멈추고 표정을 지운 채 고개를 들었다.

"…왜 그러나?"

"결계가, 몇 겹에 걸쳐 펼쳐져 있네요. 최근에 한 번 깨졌었나? 급히 다시 친 것 같은 느낌이 들어요."

"그런가…. 몇 초나 걸리겠나?"

"5초만 있으면, 얼마간은 잭 씨의 존재도 속일 수 있을 거예요."

플랫은 시원스럽게 대답하더니 그 자리에 천천히 웅크려 앉았다.

그러자 우연히 입구에서 나온 경찰이 잭에게 물었다.

"왜 그래?"

"아아, 낮부터 술에 취해 날뛰고 있더라고. 끌고 오기는 했는데 속이 안 좋다기에 잠깐 쉬게 하고 있는 중이었지."

"그렇군. 난리도 아니군…. 거기서 토하게 하진 말고. 아직 어제 있었던 테러의 검증도 전부 안 끝났으니까."

"그래, 괜찮을 거야."

그런 대화가 등 뒤에서 펼쳐지고 있는 가운데―플랫은 조용히 자신만의 주문을 입에 담았다.

"―개입 개시―게임 셀렉트."

플랫은 웅크려 앉으며 손을 바닥에 대고, 손이 닿은 부분의 결계를 통해 새로운 술식을 흘려 넣었다.

결계에 대한 대규모 해킹을 개시한 것이다.

복잡하게 둘러쳐진 결계의 틈새에 자신의 마력을 침투시켜, 결계의 제작자인 척 감지기능을 속이며 '수복작업'을 수행했다.

그리고 불과 4초 정도의 시간 동안 술식을 완성시켜 결계 안에 잠입시켰다.

그것은 플랫이 바라는 형태로 결계의 의미를 계속해서 조작하는, 자동 프로그램 같은 술식이었다.

"―관측 완료―게임 오버."

플랫은 미소를 지은 채 그렇게 중얼거리고는 천천히 일어났다.

"경찰 아저씨, 고맙습니다. 덕분에 살았어요."

"그래? 그럼 가자고."

상쾌하기만 한 플랫의 얼굴을 보고 "술에 취한 것처럼 보이지는 않는데…."라며 고개를 갸웃하던 경찰도 자신의 직무가 있는지 그대로 두 사람을 남겨 둔 채 떠나갔다.

그리고 플랫과 잭, 두 사람은 경찰서 안으로 발을 들였다.

플랫은 이번 성배전쟁 참가자 중 가장 결의가 희박한 마스터라 할 수 있으리라.

그럼에도 그는 한 걸음을 내디뎠다.

투명하리만치 희박하기는 해도 그렇기에 순수한 결의를 가슴에 품은 채—

이 사건의 이면에서 꿈틀대는 자들과 정면으로 맞서기 위해.

×   ×

크리스털 힐. 지하 20미터.

스노필드에는 지하철이 존재하지 않는다.

그 대신 도시 중심부의 지하 50미터 위치에 거대한 지하공간이 있어, 도시를 만든 마술사들과 국가 기관이 관리하고 있었다.

지상과 그 공간 사이, 지하 20미터 부분에도 소규모 관리구획이 있는데, 그중 하나가 캐스터인 알렉상드르 뒤마 페르의 '공방'으로 할당되어 있었다.

"그나저나 말이야, 머리 위에 카지노니 환락가니 고급 레스토랑이 있는데 자유롭게 놀러 가지도 못한다는 게 말이나 돼? 그림의 떡이라는 게 바로 이런 경우를 말하는 거라니까. 뭐 하러 영령이 돼서 현현한 건지 모르겠네."

뒤마가 한숨을 내쉬며 눈앞에 있는 다섯 명 전후의 젊은이들을 쳐다보았다.

"잘들 새겨들어. 너희는 돈을 벌면 팍팍 써라? 돈이란 건 식재료랑 같아. 아깝다고 아끼면 모조리 다 썩어 버린다고."

그런 푸념을 늘어놓으면서도 그의 손은 전혀 멈추지 않았다.

"아까 형씨… 너희 보스하고도 이야기했는데. 나는 예전에 벌었던 돈의 태반을 써서 꿈속에나 나올 법한 저택을 세운 적이 있거든. 2층에는 이런저런 천재들의 흉상을 장식하기도 했지. 유고 녀석이며 괴테에 호메로스, 셰익스피어의 흉상도 장식해 놨었다고. 그중 가장 눈에 띄는 곳에 장식해 놓은 게 바로 내 흉상이었고. 일류 조각가에게 큰돈 쥐여 주고 만들게 했지. 끝내주지?"

"저기… 네. 여러 가지 의미에서… 굉장하군요."

등 뒤에서 미묘한 답변이 들려왔음에도 뒤마는 돌아보지 않고 차례차례 펜을 놀려, 스크롤 같은 것에 프랑스어로 뭐라 문장을 적어 나갔다.

"발자크 녀석은 우리 집을 보고 '음, 누가 보아도 충분하고도 남을 정도로 정신 나간 것처럼 보이는군. 하지만 이렇게까지 대놓고 정신 나간 것처럼 보이니… 뭐랄까, 오히려 마음이 후련할 지경인걸' 하고 칭찬인지 욕인지 모를 소릴 하지 뭐야. …그래, 어쩌면… '그 녀석'도 집 앞까지 왔지만 어이가 없어서 돌아가 버린 건지도 모르겠는걸…."

"…그 녀석?"

"어이쿠, 입이 미끄러졌군. 뭐, 잊으라고."

뒤마는 크큭, 하고 웃으며 펜에 잉크를 찍었다.

그는 그 타이밍에 등 뒤로 시선을 날렸다.

"그래서? 온 건 다섯 명뿐인가 보네? 형씨도 꽤나 신중하군. 안 그래?"

뒤마가 어깨를 으쓱하며 묻고서 다시 종이 쪽으로 고개를 돌리자 모여 있던 자들―'클랜 칼라틴'의 멤버 중 하나인 청년이 말했다.

"…죄송합니다. 대부분은 공장지구에서 일어난 소동을 수습하러 나가서…."

면목 없다는 듯 사과한 것은 20대 중반에서 30대를 코앞에 둔 듯한 남자였다. 하지만 얼굴 생김새는 실제 연령보다 훨씬 젊어서, 아직 신입 경찰이라 해도 충분히 통할 정도였다.

그는 일전에 흡혈종과의 전투로 오른쪽 손목을 잃은 경찰로, 현재는 특수한 깁스와 붕대로 절단면을 감싸고 있었다.

"뭐, 됐어. 너희라도 있는 게 어디야. 그래서? 싸워도 좋다는 허가라는 건 형씨한테서 받아 왔어?"

"그건, 아직…."

그는 서장에게서 '발목을 잡지 않으리라는 것을 증명하지 못하면 앞으로 전선에 내보내지 않겠다'는 지시를 받은 상태였다.

분한 듯 왼손으로 주먹을 움켜쥔 경찰에게 뒤마가 '집필'을 계속하며 물었다.

"애초에, 네가 싸우는 이유는 뭔데?"

"어…."

"마술사투성이라 언제 사람이 죽을지 모르는 전쟁에서 빠질 수 있는 모처럼의 기회인데 말이야. 어째서 굳이 최전선으로 돌아가려는 건데? 너한테 무슨 득이 있어서?"

그 물음에 오른손을 잃은 경찰은 잠시 생각한 후, 딱 부러지는 말투로 대답했다.

"캐스터 씨 말씀대로… 언제 사람이 죽을지 모르기 때문입니다."

"호오?"

"저는… 아니, 서장님께서 모은 인원들은 자신을 마술사라고는 생각지 않습니다."

"그럼 뭔데?"

집필을 계속하며 묻는 뒤마에게 남자는 계속해서 말했다.

"저희는, 경찰입니다."

"……."

"언제 사람이 죽을지 모르는 상황 속에서, 최대한 많은 사람을 구해 내는 게 저희의 임무입니다."

굳은 의지가 담긴 그 답변을 들은 뒤마는 즐거운 듯 웃으며 재차 물었다.

"입에 발린 소리로군. 입바른 소리 한다고 돈이 나와 밥이 나와?"

"당신이 호화로운 저택을 세웠을 정도니 입에 풀칠 정도는 할 수 있겠죠."

"핫! 말 한번 잘 하는군. 내 소설이 '입에 발린 소리'라 이거지?"

"……!"

불쑥 자리에서 일어나는 뒤마의 모습을 본 다섯 명의 경찰들은 엉겁결에 식은땀을 흘렸다.

뒤마는 작가니 샌님일 것이라 생각하기 일쑤지만, 실제로는 상당히 활동적인 일면이 있어서 만년이 되어서도 요리책을 쓰기 위해 직접 짐승을 수렵하러 다녔다고 한다.

그 일화가 상기될 정도로 나폴레옹을 섬겼던 군인인 아버지에게 물려받은 체구는 위압감을 내뿜고 있어서, 서장은 '아마 주먹싸움을 하면 나라도 이길 수 있을 거다'라고 했지만 직접 주먹을 섞으면 승부는 알 수 없지 않을까, 라는 생각을 경찰들로 하여금 하게 했다.

뒤마는 그런 위압감을 두른 채 오른손을 잃은 경찰의 팔을 붙잡더니―

"맞는 말이야."

어깨를 으쓱하며 경찰의 오른쪽 손목에 무언가를 끼우려 했다.

"나는 입에 발린 소리 이외의 것도 좋아하지만 말이지. …입에 발린 소리를 끝까지 밀고 나가는 주역이라는 건 신문 연재물로나 희곡으로나 잘 팔리거든, 이게 또."

이윽고 철컥 하는 경쾌한 소리가 난 직후, 경찰은 자신의 오른쪽 손목에서 가벼운 압박감과 적절한 무게가 느껴짐을 알아챘다.

"이건…."

경찰의 오른팔에 장착한 것은 크기가 딱 맞는 의수였다.

"특수한 기믹이 있으니 나중에 이것저것 설명해 주지."

"아니, 하지만… 저는 아직 서장님께…."

경찰은 당황스러운 눈으로 의수를 쳐다보았다.

캐스터이기도 한 남자는 다시 집필에 착수하며 그런 그에게 말했다.

"존 윙가드. 28세. 뉴욕 출생. 혈액형은 AB형이고 마술사 가문의 차남. 마술각인은 이어받지 못했다라…."

"무슨…."

갑자기 자신의 이름과 그에 부수된 개인정보를 읊자 경찰은 놀란 표정으로 뒤마에게 시선을 날렸다.

그러자 뒤마는 빙긋 웃으며 말을 이었다.

"미안하지만 너희에 관한 정보는 전부 조사했지. 존은 어릴 적에 어머니를 잃었는데, 그게 원인이 되어 경찰을 지망하게 된 거였지? 두 번 다시는 자신과 같은 슬픔을 겪는 인간을 만들고 싶지 않다면서."

"…그렇게 훌륭한 생각 때문이 아닙니다. 저는 그냥, 복수를…."

"아아, 긍정하라고 한 소리 아냐. 그런 입에 발린 소리인 셈 칠 거고, 동기가 복수라면 그건 그것대로 나쁘지 않으니까."

뒤마는 씨익, 하고 웃으며 새로운 '이야기'를 쓰기 위해 거듭 펜에 잉크를 찍었다.

"내가 신문에 『몬테크리스토 백작』을 연재했을 때는 거리의 장사꾼부터 나라의 대신大臣 녀석들까지 누구 할 것 없이 복수자의 앞날을 궁금해 했지. 너도 주변 사람들이 꺅꺅거리며 좋아하게 될 거야. …좌우간 너는 내가 마련한 의수─전설을 사용할 거니까. 활약을 안 할 수가 없을걸."

"경찰서장─형씨한테 똑똑히 말하라고, 존. '너야말로 내 발목을 잡지 마라'… 라고!"

×   ×

경찰서. 서장실.

"…이상하군."

오늘 아침 공장지구에서 있었던 사건에 대한 보고서를 읽으며 서장이 고개를 갸웃했다.

대체 어떠한 방법을 사용한 것인지 프란체스카와 그 서번트는 거리 전체로 번질 뻔했던 참사를 말끔하게 막은 듯했다.

버즈디롯과 할리는 각각 다른 장소로 모습을 감춰, 경찰의 감시망에 걸리지 않았다.

아인츠베른의 호문쿨루스도 마찬가지였는데 어째서 할리와 행동을 함께하고 있었는지도 판명되지 않은 상태였다.

하지만 현재 서장이 이상하게 여기고 있는 것은 그 부분이 아니었다.

클랜 칼라틴의 멤버에게 사람을 물리는 결계를 대규모로 펼치게 하는 동시에 물리적 대피 유도를 지시해서 공장구획에서 구경꾼들을 격리시키려 했으나―그들이 그 작업을 개시하기도 전에 주민들이 대대적으로 대피행동을 개시한 흔적이 보였기 때문이다.

십만 명도 더 되는 공업지구 주변의 시민들이 일제히 도시의 중앙지구며 주택지구로 이동하는 모습은, 마치 모종의 데모 행진처럼 보였다고 한다.

심지어 그렇듯 혼란스러운 상황에서는 으레 따르기 마련인, 소행이 불량한 자들에 따른 폭동 같은 파괴행동은 일체 확인되지 않았다. 말 그대로 '대피한다'는 행동 이외의 것은 전혀 취하지 않은 것이다.

"프란체스카가 무슨 짓을 한 건가…? 아니, 하지만…. 그 꼰대는 오히려 사람들이 혼란 상태에 빠지는 모습을 보면 좋아할 텐데…."

이번에는 도시가 폐기되는 사태를 막기 위해 울며 겨자 먹기로 사태를 수습했을 테지만, 본래 프란체스카는 사태를 수습하기는커녕 철저하게 부채질을 하고도 남을 존재였다.

―대피한 사람들은 아직 중앙지구와 주택지대를 어슬렁거리고 있는 것 같은데….

―범위마술이 전개된 흔적은 없나.

―그렇다면 개개인이 최면이나 무언가의 영향하에 있는지 어떤지 조사를….

그런 생각을 하던 참에 누군가가 방의 문을 두드렸다.

"들어와라."

그렇게 열린 문에서 낯익은 부하가 얼굴을 내밀었다.

서장의 보좌 자격으로 비서관 같은 역할을 맡은 여성이다.

"서장님, 급히 전달하고 싶은 말씀이 있습니다."

"…무슨 일이지?"

"로비에 플랫 에스카르도스가 와 있습니다."

"…뭐라고?"

부하의 말을 들은 서장은 통상적인 감시 시스템과는 별개의, 서장실에 비치된 특수한 감시 모니터로 시선을 돌렸다.

그러자 그 사역마의 눈을 통해 비친 시야 속에, 보고서에 적혀 있던 소년의 모습이 또렷하게 보였다.

어째서인지 수갑을 찬 채 주변을 두리번거리는 것이 완전히 수상한 인물처럼 보였다.

그를 감시하고 있는 경찰을 본 서장은 눈살을 찌푸렸다.

클랜 칼라틴이 아닌, 오늘은 비번일 터인 일반 경찰의 얼굴이었다.

"처음에 공원에서 영령을 소환했을 때도 영령으로 추정되는 존재가 경찰의 모습을 하고 있었다는 보고가 올라왔지."

"네. 아마도 영령을 데리고 서내에 침입한 것으로 생각됩니다. 결계는 별다른 반응을 보이지 않으니, 마력 등은 완전히 차단하고 있는 것일지도 모릅니다."

"그렇군…. 그리고 한 가지 신경 쓰이는 점이 있다."

"무엇인지요."

비서관 같은 여성 경찰이 무표정하게 그렇게 묻자 서장의 모습이 잔상처럼 흔들리더니―

다음 순간, 그녀의 목에 일본도의 칼날이 닿아 있었다.

"네놈은 누구냐?"

×　　　×

뒤마의 공방.

"저어…. 어째서 뒤마 씨는 보구를 만들 수 있는 겁니까?"

경찰 중 한 명이 그렇게 물었다.

아군 '영령'과 대화를 하는 것은 처음이기도 해서 경찰들의 얼굴에는 누구 할 것 없이 긴장의 빛이 역력했다.

뭐가 어쨌건 대문호 뒤마가 아닌가.

경찰들 중에는 어릴 적에 소설 『삼총사』를 접한 자도 있었고 영화며 TV드라마 시리즈, 혹은 인형극 등으로 그의 작품을 마음에 새긴 자들이 많았다.

그러한 '팬'이기도 한 경찰들에게 근본적인 질문을 받은 뒤마는 어깨를 으쓱하며 담담히 답했다.

"영령이라는 건 의외로 융통성 있게 정해져서 말이지. 생전에 이룬 일을 이래저래 전설에 맞춰 확대해석해 주기도 하거든. 내 경우에는, 생전에 마술사도 뭣도 아니었지. 하지만 작가 짓 이외의 일로 번 돈으로 이런저런 일을 하기도 했거든."

뒤마는 장난을 치는 데 성공했을 때의 어린애 같은 미소를 지은 채 신이 나서 과거에 대해 말하기 시작했다.

"어디 보자, 가리발디라는 친구가 이탈리아를 통일하겠다는 소리를 했을 때, 엠마호號라는 내 배로 무기를 왕창 제공해 줬었지. 신문 같은 걸 발행해서 살짝 후원도 해 줬고. 그랬더니 그 대신 과거의 유적이며 유물을 발굴 조사하는 박물관의 총괄 책임자로 임명해 줬거든. 이야아, 이래저래 재미있는 것들을 참 많이도 보고 접했지."

"과거의… 유물…."

"그게 내 재판 소동이며 일화랑 뒤섞여서 캐스터로서의 '도구 작성'이니 '진지 작성'이니 하는 일종의 기술이 된 거야. 마술이 아니라고. 그 보구의 과거를… 이야기를 개찬하고 덧붙이는 '기술'이지. 어쩌면 그때 접했던 유적과 유물의 영향을 받은 건지도 몰라. 폼페이 언저리에서 엄청난 물건들이 이것저것 나왔었거든."

스스로도 자신이 그런 능력을 지니게 된 이유를 완전히 파악하고 있지는 않은 듯했지만, 영령으로서 세계로부터 부여받은 지식이 있으면 그것을 완벽하게 다룰 수는 있다.

뒤마는 과거를 그리워하며 크큭, 하고 웃더니 그대로 다시 스크롤에 집필을 하기 시작했다.

"그때도 여러모로 성가신 일이 많았지만, 결과만 놓고 보면 우회적으로나마 아버지의 복수를 했다고 할 수 있지."

알렉상드르 뒤마의 아버지인 토마는 역사에 이름을 남긴 고명한 장군이었다.

일찍이 나폴리에서 포로로 잡혔을 때 비소에 중독되는 바람에 몸이 망가졌고, 그것이 원인이 되어 수명이 대폭 줄었다.

그런 토마 장군의 아들인 뒤마의 지원으로 나폴리 침공이 진행되자 아군 시민들은 뒤마의 앞에서 아버지를 포로로 잡았던 왕을 본떠 만든 조각상의 목을 치는 형태로 경의를 표했다고 한다.

직접적이지는 않지만 의식적으로 복수를 한 셈인데―경찰들은 그런 나폴리 왕에 대한 복수담보다 뒤마의 아버지 쪽에 더 흥미가 있는 모양이었다.

"아버지라는 건, 그 나폴레옹의 부하인⋯."

"아아, 그만 그만. 그야 아버지는 나폴레옹의 부하였지만 그 황제 폐하랑 방침 차이 때문에 살짝 다퉜거든. 아버지는 어딘가의 후작님이었던 할아버지와 흑인 노예였던 할머니 사이에서 난 자식이었는데, 그 핑계로 흑인을 차별하는 분위기를 이용해 쫓아냈어. 덕분에 아버지는 실의에 빠진 채 쇠약사했고 나와 어머니는 군이 연금도 지급해 주지 않아서 지지리도 가난하게 살았지."

"원망하고 계십니까, 나폴레옹을?"

이야기에 흥미가 동한 경찰이 더 캐물었지만 뒤마는 그것을 성가시게 여기기는커녕 자랑스러운 투로 자신의 추억담을 늘어놓았다.

"그게 또 재미있는 부분이거든. 나는 아버지가 죽은 후, 딱 두 번 나폴레옹의 얼굴을 봤는데… 뭐, 그 이야기는 다음 기회에 해 주지."

이야기가 길어질 것이라 생각했는지 뒤마는 일단 그 이야기를 끊으려 했다.

하지만 그것을 계기로 다른 이야기가 생각났는지 또다시 신이 나서 떠들어 대기 시작했다.

"그러고 보니 나는 아버지가 죽었을 당시, 아직 바보라서 총을 들고 2층으로 뛰어 올라갔더랬지. '아버지를 죽인 신을 죽여 주겠어'라면서 말이야! 바보 같지? 천국은 위쪽에 있을 테니 2층에서라면 총알이 닿을 거라고 생각했거든, 애새끼일 때의 나는."

"아니…. 아직 어리셨잖습니까."

"어머니도 어머니지. 나를 두들겨 패면서 한다는 소리가 '우리 집에는 더 이상 신에게 싸움을 거는 영웅은 필요 없어!'였다고. 영웅이란 건 역사라는 녀석의 손아귀에서 놀아난 끝에 가족을 남긴 채 죽기 마련이니까. …그 이전에 하느님을 모독했네 어쩌네 하면서 두들겨 팼어야 할 것 아냐. 안 그래?"

뒤마는 어깨를 으쓱하며 웃었지만 경찰들은 그것이 웃어도 되는 이야기인지 아닌지 판단이 서지 않아서 서로 눈치만 살피고 있었다.

"응? 왜들 그래?"

"아, 그게⋯ 웃어도 될지 어떨지 모르겠어서⋯."

"뭐야. 혹시 내 눈치 보는 거야? 신경 쓰지 말고 웃으라고들. 뭐, 보통은 말하기 꺼릴 법도 하고, 과거를 나불대는 게 썩 좋은 건 아닐지도 모르지만 말이야. 뭐, 난 이런 실없는 옛날이야기가 누군가의 심심풀이가 된다면 얼마든 얘기할 수 있거든. 관람료라도 얹어 주면 요상하고 재미있게 이야기를 살짝 뒤틀어 줄 수도 있고 말이야."

뒤마는 끌끌대고 웃더니 그대로 경찰들에게 물었다.

"그래서? 괜찮은 거야? 나 같은 대작가와 이야기할 기회는 흔치 않다고. 또 뭐 물어보고 싶은 게 있다면 지금 물어보라고들."

아무래도 그는 이야기하기를 좋아하는 것 같다는 사실을 알아챈 경찰들이 적당히 그가 자랑할 만한 이야기를 끌어내 비위나 맞출까, 라는 생각을 하기 시작한 가운데ㅡ

오른손에 장착한 의수에 적응하고자 팔을 이리저리 움직이던 경찰ㅡ존이 진지한 표정으로 물었다.

"⋯저희는, 이길 수 있겠습니까?"

"나는 작가야. 군사軍師도 예언가도 아니라고."

"당신이 만들어 낸 보구는 정말로 근사합니다. 하지만 사용하는 저희는 결국 인간입니다. 보구만 있을 뿐 영령도 아닌 저희가… 그 괴물들을 이길 수 있을까요."

그러자 뒤마는 얼마간 침묵한 후, 목을 우득우득 소리 내어 풀고서 말을 자아냈다.

"…또 내 옛날이야기지만."

"……?"

"나는 원래 연극에도 소설에도 흥미가 조금도 없었어. 어머니가 지루한 고전 비극만 읽게 해서 아주 넌더리가 나 있었거든. …하지만 어느 날 보았던 『햄릿』이라는 비극만은 달랐지. 압도적이었어. 엉겁결에 억지를 써서 각본을 달라고 해서, 전부 외울 정도로 몇 번이고 반복해 읽었지. 나는 그 덕에 연극이란 놈에 흥미가 생겼어. 그게 내 시발점 중 하나였다고."

"햄릿이라면, 납득이 갑니다. 윌리엄 셰익스피어의 대표작이니까요."

하나같이 고개를 끄덕이는 경찰들을 본 뒤마는 씨익 웃었다.

그러더니 이번에는 막 장난에 성공한 어린애 같은 눈을 한 채 이야기를 이었다.

"그런데 말이야. 그 『햄릿』은 뒤시스라는 양반이 번역… 아니, 그건 번안이라 해야 맞겠지. 어쨌든 원작을 부술 대로 부숴서 자기 나름의 해석을 덧붙여 고쳐 쓴 물건이었거든. 나도 나중에 진짜 셰익스피어가 쓴 각본을 읽고서 놀라 자빠질 뻔했

지. 내가 본 건 그 진짜에 비하면 원작 팬도 셰익스피어도 길길이 날뛰고 남을 엉터리 같은, 그야말로 '햄릿 비스무리한 것'이었거든."

뒤마는 깔깔대고 웃은 뒤, 그 홍소를 뚝 그치더니 입가를 씨익 일그러뜨린 채 경찰들에게 고개를 돌렸다.

"하지만 내 인생을 바꾼 건 그 '비스무리한 것' 쪽이야. 이것만은 아무도 부정 못 하게 할 거라고. 뭐, 원판이 너무 좋았기 때문일지도 모르겠지만 가짜가 되었건 뭐가 되었건 거기에는 뒤시스라는 양반의 진짜 열의가 담겨 있었으니까."

그리고 어느새 수복과 개량을 마친 경찰들의 무기를 건네며 즐거운 희극을 보는 관객 같은 얼굴로, 하지만 무대를 조종하는 연출가 같은 자신감을 담아 단언했다.

"안심하라고. 너희는 아직 모르겠지만 형씨… 너희 보스의 열의는 진짜니까. 너희가 끝까지 그 녀석을 믿으면 **고작 진짜에 불과한** 전설 한두 개쯤은 얼마든 뒤집어 줄걸."

×   ×

경찰서. 서장실.

은빛 칼날이 번뜩이는 가운데, 서장실 안의 시간이 멈췄다.

그 긴 침묵을 깬 것은 칼이 목에 닿아 있는 여성 경찰 쪽이었다.

"뭐 하시는 겁니까? 저는 벨라 레빗. 서장님이 소집하신 클랜 칼라틴 멤버의 일원이자 당신의 충실한 부하입니다만, 이건 일종의 권력형 희롱이라 보아도 될까요?"

여자가 무표정한 얼굴로 담담하게 말하자 서장은 눈살을 구겼다.

"대단하군그래. 정말로 벨라가 할 법한 말을 입에 담다니."

"진짜니까요."

"아니, 진짜 그녀는 현재 감시실로 향하고 있다."

이유는 입에 담지 않았지만 서장에게는 확신이 있었다.

자신을 비롯한 '클랜 칼라틴'의 멤버에게는 어깨에 전자 칩이 심어져 있었고, 서장은 그 신호를 체내마술로 증폭시켜 서로의 거리를 마치 레이더 화면처럼 눈앞에 떠올려 감지할 수가 있었다.

그 감각으로 미루어 3층 모니터 감시실로 향하고 있는 것이 벨라의 것이었고 다른 멤버들의 반응은 이 방 안에서 단 하나도 느껴지지 않았다.

벨라의 모습을 한 누군가는 서장의 말이 허풍인지 아닌지 고민하는 듯했지만—다음 순간 한숨을 내쉬며 고개를 가로저었다.

"방금, **읽어 냈습니다.** IC칩… 그렇게 복잡한 것까지 그 자리에서 복사할 수는 없죠. 조금 더 시간을 들일 걸 그랬군요, 마스터."

마스터.

그 단어를 들은 서장의 몸에 긴장이 퍼져 나갔다.

그 순간, 그 긴장을 풀어 주듯 느긋한 목소리가 서장실 안에 울렸다.

"아~… IC칩? 혹시 전자기기 같은 게 몸에 심어져 있나요? 굉장하네요. 확실히 그러면 전 알아낼 수가 없죠. 실수했네에."

방구석에서 한숨 소리가 들려오기에 서장은 눈앞에 있는, 부하의 모습을 한 존재를 경계하며 그쪽으로 시선을 돌렸다.

그곳에는 기가 죽은 듯 보이는 플랫 에스카르도스의 모습이 있었다.

―모니터에 비친 것은 마술로 만들어 낸 위장영상이었나!

서장은 그 즉시 행동에 나섰다.

방의 결계에 심어 두었던 마수를 부려 인질로 잡아서 서번트의 움직임을 봉하려 한 것이다.

―이런 우회적인 수를 사용하는 걸 보면, 영령의 전투능력 자체는 높지 않은 모양이군.

―부하들이 돌아올 때까지 버텨 낼 수 있을까…?!

결계 안의 방어 시스템을 발동시키면 클랜 칼라틴의 멤버들에게도 그 사실이 전달된다.

서장은 그 즉시 비어 있는 손으로 권총을 뽑아 들어 바닥을 향해 쐈다.

거의 무음에 가까운 발사음과 함께 바닥에 맞은 특수탄두가 실내의 결계를 발동시키자―세 마리의 마수가 플랫 에스카르도스의 주변에 현현했다.

그리고―

"―간섭 개시―플레이볼."

그 마수들은 플랫이 뭐라 중얼거림과 동시에 플랫에게 고개를 숙인 것도 모자라 꼬리까지 흔들기 시작했다.

"뭣…이…?"

그뿐만이 아니었다.

그 밖의 방어용 마술도 모두 발동이 무효화되어, 클랜 칼라틴을 상대로 한 긴급 통지 시스템도 먹통이 되었다.

―이럴 수가…. 이틀 전에 습격했던 어새신과 흡혈종처럼 강압적인 수법이 아니야.

―전개되어 있던 마술을 실시간으로 고쳐 써서, 내 시스템을 전부 가로챈 건가?!

천혜의 악동.

플랫 에스카르도스라는 소년에게 주어진 그 이명이 결코 과장된 것이 아님을 실감한 순간—

"—상황 종식—게임세트."

플랫이 다시 뭐라 중얼거리며 펼쳤던 손을 움켜쥐자 마수들이 본래의 발동 장소로 돌아가 영체화되었고 모든 상태가 방어 결계를 발동하기 전으로 수복되었다.

—하지만 아직 반격할 기회는 있지.

마수가 현현한 시점에서 그 기척을 감지한 서내의 클랜 칼라틴들이 이쪽으로 향하고 있을 터.

진짜 벨라를 포함해 다섯 명 정도라면 천재와 서번트가 상대라 해도 우위를 점할 수 있으리라.

—문제는 그때까지 이 서번트를 제압해 둬야 한다는 건데….

—……?!

그 순간, 서장의 눈이 또다시 휘둥그레졌다.

칼을 들이대고 있던 가짜 부하 옆에 같은 모습을 한 존재가 또 한 명 서 있었기 때문이다.

"공격태세를 풀어 주십시오, 올란도 리브 경찰서장님."

플랫의 서번트로 보이는 존재는 벨라와 같은 말투로 담담히 말했다.

그 짧은 말을 하는 동안 방에는 두 명의 같은 인물이 더 나타나―책상 위에 놓인 모니터를 가리켰다.

서장이 그녀들에게서 몸을 떼어 펄쩍 뛰다시피 물러나며 모니터를 확인해 보니 거기에는 경악스러운 광경이 비춰져 있었다.

모든 카메라 속에 올란도 리브와 벨라의 모습이 비춰져 있고 각각 다른 장소에 있는 클랜 칼라틴 멤버들에게 뭐라고 설명을 하고 있었다.

―이건… 영상을 조작한 게 아니야.

―나와 벨라로 변한 건가…?! 이렇게… 많은 수로?!

벨라의 모습을 한 영령이 마음속에 일어난 의문에 답하는 듯한 모양새로 입을 열었다.

"현재 이 서내의 인구 중, **4할 가량이 저입니다.**"

상대의 모습과 플랫을 살피던 서장은 조용히 칼을 집어넣었다.

"아무래도 주도권은 자네가 쥐고 있는 것 같군."

"아, 이해해 주셨나요?"

"그래, 죽일 생각이었다면 더욱 편하게 나를 암살할 수도 있었겠지. 자신들이 지닌 힘의 일부를 내보여 교섭을 유리하게 진행한다. 꼭 마피아 같은 수법이로군."

"이야…. 대충 보니 결계가 전부 서장님한테 연결되어 있기에 부하로 변신시켜서 상황을 살펴 달라 하려고 했는데… 설마 들통 나서 전투 같은 상황이 벌어질 줄은 몰랐어요. 놀라게 해서 죄송합니다."

고개를 꾸벅 숙이는 플랫을 본 서장은 무심결에 눈살을 찌푸렸다.

마술사답지 않은 기질을 지녔다는 이야기는 들었지만 어째서 이렇게 느긋한 품성을 지닌 젊은이가 성배전쟁에 참가하고 있는 걸까 싶었던 것이다.

—아니, 아니면 이것도 전부 위장인가?

"그래서? 용건은 뭔가."

"네, 실은 용건이라고 해야 할지, 경찰 관계자 중 마스터가 있으면 만나 두는 편이 좋을 것 같다는 이야기가 나와서."

"…잠깐, 애초에 어째서 경찰서에 마스터가 있을 거라 생각한 거지?"

"도시를 활보하는 경찰관 중에 마술사가 몇 있기도 했고, 경찰서를 중심으로 마술적인 감시 시스템이 깔려 있었으니까요. 그리고 어쩌면 그 TV에서 연설했던 세이버 씨도 있지 않을까 싶어서…."

—신중을 기울여 다중으로 위장을 해 뒀건만.

감시 시스템을 간파당했다는 사실에 표정을 구기기는 했지만 조금 전에 이상한 기술을 본 뒤라 그리 놀랍지는 않았다.

"또 하나의 감시 시스템은 도시의 교정 센터? 형무소인가요, 이거? 거기로 연결되어 있던데, 이쪽이 더 가까웠거든요."

—팔데우스의 감시망이로군. 녀석도 틀렸나.

조금은 속이 후련해지는 듯한 기분 속에서 서장은 다시금 물었다.

"공동전선을 제안하러 왔다는 건, 노리는 상대가 있다는 뜻이겠지? 누구지?"

"네? 아아! 죄송해요, 공동전선 제의랑은… 조금 다른 건데."

"……?"

"저희는 그게, 신고를 하러 왔어요!"

신고.

마술사이기 이전에 경찰서장인 올란도가 평생 끊임없이 들어온 단어였지만, 그는 마치 지금 그 단어를 처음 들은 듯한 표정으로 눈살을 구겼다.

그런 서장에게 플랫은 말했다.

"실은, 병원에 입원 중인 사람이 성배전쟁의 마스터인 것 같은데요."

"…뭐?"

"오늘 아침부터 아마 그 병원에 있는 사람이, 엄청난 수의 도시 사람과 옅은 마력으로 이어져 있는 것 같거든요. 그래서 그게, 경찰 관계자 중 마술에 능한 사람이 있다면 알려 두는 게 좋지 않을까 싶어서요."

×   ×

스노필드 중앙병원.

쿠루오카 츠바키의 주치의인 여의사는 전화가 왔다는 소식을 받고 사무실로 걸음을 옮겼다.

"아아, 레빗 선생님. 여동생에게서 전화가 왔어요."

"고마워. …별일이네, 그 아이가 전화를 다 하다니."

간호사에게 수화기를 건네받은 그녀는 어제는 자신이 먼저 연락을 했던 여동생에게 말을 건넸다.

"여보세요, 벨라? 미안해, 병원이라 휴대전화를 못 쓰거든."

[문제없어요, 언니. 오늘도 여전히 도시 상황이 어수선하기에 그쪽에도 영향이 미치지 않았을까 걱정이 되어서.]

"아아, 공장지구 쪽에서 화재가 있었다면서? 이쪽은 괜찮아. 또 '가족이 도시 밖으로 나가려 하지 않는다'는 사람들이 정신과 쪽으로 잔뜩 몰려온 것 같기는 하지만…. 대체 어떻게 된 건지, 참…."

[그런데 쿠루오카 츠바키란 애는 좀 어떤가요, 언니.]

"아아, 츠바키? 그게 있지, 요즘 며칠 동안 매우 상태가 좋아. 언제 눈을 떠도 이상할 게 없을 정도야. 특이한 점을 들자면 손에 이상한 멍 자국이 있다는 것 정도라고나 할까?"

[멍 자국이오…?]

"처음에는 누가 장난을 친 건가 싶었지만 문질러도 안 지워지고, 그렇다고 문신도 아닌 것 같더라고…. 하지만 그 멍 자국 같은 게 생기고 나서부터 상태가 호전됐어. 아아, 착각하지 마. 멍 자국으로 된 문양 때문에 좋아졌다는 오컬트스러운 생각은 한 적 없으니까."

그 후, 잠시 잡담을 하고 나서 전화를 끊은 여의사―아멜리아 레빗에게 간호사가 말을 붙였다.

"여동생은 분명 젊은 나이에 경찰에서 꽤 높은 지위까지 출세했다고 하셨죠?"

"응, 어릴 적에 어머니랑 같이 산 탓인지 어머니처럼 말투가 딱딱한 애거든. 하지만 경찰에서는 오히려 그런 말투가 잘 통하나 봐."

아멜리아는 그대로 츠바키의 병실로 향하며 혼잣말을 중얼거렸다.

"그나저나 그 애가 먼저 츠바키 이야기를 꺼낸 건 오랜만이네…."

　　　　　　　×　　　　×

　경찰서. 서장실.

　전화를 끊은 '진짜' 벨라가 무표정하게 서장 쪽으로 고개를
돌렸다.

　"확인했습니다. 분명 에스카르도스 씨의 말씀대로 쿠루오카
츠바키에게 영주가 발현된 듯합니다."

　"…그나저나, 팔에 멍이 들었다는 이야기를 했던 게 누나의
가족분이었군요."

　"언니입니다. 마술 재능이 없었던지라 그녀는 이쪽 세계에
관한 일은 모른 채 자랐습니다."

　벨라가 담담히 말하자 플랫이 미소를 지었다.

　"자매가 나란히 사람을 돕는 일을 하네요. 굉장해요."

　"…감사합니다. 저는 둘째 치고 언니는 순수한 노력가였습니
다."

　플랫이 비아냥거림이 아니라 정말로 존경한다는 투로 말하
자, 벨라는 쌀쌀맞은 태도이기는 했지만 감사 인사를 했다. 말
투로 미루어 자신보다 언니를 인정해 준 것이 더 기쁜 듯했다.

　그러던 중, 서장이 헛기침을 했다.

"다시 말해서 의식불명 상태로 서번트를 소환했다… 그런 뜻인가?"

"네. 상황에 따라서는 영령이 단독행동 중일 가능성도 있을 듯합니다."

"…어째서 쿠루오카 부부가 아니라 딸에게? 그들이 여태 집에 틀어박혀 있는 것과 뭔가 관계가 있는 건가?"

상황을 정리하면 할수록 새로운 의문이 솟구쳤다.

경찰의 권력을 이용해 병원에 간섭하려 해도 상대 서번트의 정체를 모르는 상태로는 제 발로 함정에 뛰어드는 것이나 다름없을 것이다.

"저기…, 대규모 마술로 그 병실을 날려 버리는 방법도 있는데요?"

플랫의 제안을 들은 서장은 미간을 잔뜩 찌푸리며 말을 받았다.

"…여차하면 그렇게 해야 할지도 모르지만… 나는 우리들이 정의라는 입장을 매개로 클랜 칼라틴과 맹약을 맺었다. 나는 그들에게 정의를 보증하고 있는 몸이다. 적어도 그 소녀의 희생이 정의라고 할 수 있을 정도의… 달리 방법이 없다고 단언할 수 있는 상태가 아니라면 우선 선택지에서 제외시켜 두고 싶군."

씁쓸하게 말하는 서장의 말을 들은 플랫은 후우, 하고 가슴을 쓸어내렸다.

"그렇구나, 그 말을 들으니 안심이 되네요!"

"……?"

"처음부터 그 방법을 시도하려 드는 사람들하고는 같이 싸우고 싶지 않다는 뜻이에요. …아마 사람들이 말하는 '마술사다운 마술사'라면 아예 그 방법부터 시도할 사람이 대부분이겠지만요."

"…나를 시험한 건가?"

서장은 크게 한숨을 내쉬며 플랫을 관찰했다.

―확실히 마술사답지 않은 것일지도 모르겠군. 이 소년도, 나도.

―합리성을 제일가는 가치로 여기는 마술사라면 보통 가차없이 그 '의식불명의 소녀'를 처리하려 하겠지.

"…하지만 내가 최종적으로 선택할 것은 보다 많은 수의 질서다. 피해가 이 이상 커질 것 같다면, 나는 그 소녀에게도 총구를 겨눌 수 있다고 단언해 두지."

"네! 하지만 그렇게 솔직하게 말씀해 주시는 서장님이라면 저도 안심하고 소개할 수 있겠어요!"

"소개…?"

서장이 의아한 투로 묻자 플랫은 생글생글 웃으며 품속에서 꺼낸 기계를 경찰서장에게 던져 주었다.

그것은 한 대의 휴대전화로 이미 어딘가와 통화가 연결되어 있었다.

"제 쪽에서 27단계로 암호화했고 **저쪽에서도** 처리하고 있으니 아마 마술적으로도 과학적으로도 누군가가 훔쳐 들을 일은 없을 거예요. 받으세요."

"……."

서장은 시키는 대로 휴대전화를 귀에 가져다 댔다.

그를 알아챘는지 수화기 건너편에 있는 남자가 말을 자아냈다.

[…스노필드 시경을 관리하는 올란도 리브 경찰장이라 들었다.]

젊은 듯했지만 그럭저럭 위압감으로 가득한 목소리였다.

"그렇다. 자네는 누구지?"

서장은 플랫의 협력자이리라 생각하며 말을 자아낸 순간, 한 가지 추측에 다다르고는 움직임을 멈췄다.

—설마.

그의 예감이 맞는지 어떤지를 말하기 위해, 수화기 너머에 있는 남자가 입을 열었다.

그저 자신이 어떠한 존재인지를, 스노필드의 흑막 중 한 명에게 알리기 위해.

그 후 플랫과 서장을 비롯한 수많은 마술사들의 운명을 변화시킬, 성배전쟁의 역사에 새겨질 남자의 이름을.

[시계탑 현대 마술과 강사. 평소에는 2세… 로드 엘멜로이 2세라는 이름을 빌려 쓰고 있다.]

"……!"

시계탑 최고 권위자의 일원을 자칭하는 남자는 경악하여 눈이 휘둥그레진 서장에게 거듭 말을 자아냈다.

[하지만 자네들에게, 나는 구태여 다른 이름을 밝히도록 하지.]

[웨이버 벨벳…. 일찍이 후유키에서 벌어진 성배전쟁에 참가했던, 평범한 삼류 마술사다.]

막간
『배신의 퍼레이드』

늪지대에 자리한 저택.

낮이 되어도 팔데우스의 부대는 저택 주변으로 돌아오지 않았다.

그 사실을 워처의 그림자들의 말을 통해 확인한 시그마는 메모장을 펼쳐 정보를 정리하기로 했다.

세이버는 현재 '주변에서 감시 중인 병사들이 배를 곯고 있겠군.'이라고 말하더니 저택에 있던 보존식을 조리해서 이쪽에 남아 있던 저격수며 관측병, 정찰병이 있는 곳에 들고 갔다.

그림자의 말에 의하면 느닷없이 옆에 나타난 세이버를 본 저격수와 관측병이 혼비백산하며 공격을 할 뻔했지만 현재는 수습이 되었다는 듯했다.

아야카는 그러는 중에도 저택 안에 있었는데, 무방비하지 않은가 싶었지만 그림자는 '세이버가 데려온 마술사가 지키고 있다'고 했다.

—동료를 소환하는 보구… 그런 것도 있다니, 영령은 참 심오한걸.

자신이 가장 이질적인 영령과 계약을 맺었다는 사실은 덮어놓은 채, 시그마는 계속해서 정보를 정리해 나갔다.

어새신은 현재 저택 주변을 순회 중이다.

그녀는 마스터인 흡혈종의 마력을 사용하기를 거절하고 있어서, 세이버의 보구로 불러낸 마술사에게서 마력을 공급받고 있는 듯했다. 그 대신 일시적으로 휴전을 하고 있었는데, 시그마는 타인에게 목숨을 맡긴 상태인 어새신의 처지를 조금 동정했다.

그녀는 팔데우스의 부대를 경계하고 있었는데, 그림자는 잔류한 정찰병 등이 공격을 해 오면 그 즉시 처리할 생각일 거라고 추측했다.

아무래도 워처의 힘으로도 마음속까지는 완전히 들여다볼 수 없는 모양인지 지금까지의 행동을 통해 성격을 추측하고 있다는 듯했다.

—워처도 완전히 만능은 아니라 이건가.

어새신의 보구도 이미 경찰서에서 발동시킨 머리카락 공격이라 충고할 수 있었던 것뿐, 만약 처음 보는 공격이었다면 선장도 조언하지 못했을 것이라 했다.

—…운이 좋았어.

시그마는 그런 생각을 하며 메모장에 펜을 놀렸다. 만에 하나 세이버나 어새신이 봤을 때를 대비해 자신만이 풀 수 있는 암호로 적고 있었다.

"…옆에서 보면 악령에 씌어 영문 모를 문자를 적고 있는 것으로만 보이는데 말이지."

시그마는 선장의 말을 무시하고 물었다.

"진영별 전력차를 확인해 두고 싶어. 팔데우스의 부대 말고 조직 단위로 성배전쟁에 임하고 있는 자들은 얼마나 되지?"

"글쎄. 인원수만 말하자면 일반인 경찰까지 움직일 수 있는 경찰서장과 뒤마 콤비가 가장 많겠지. 인원은 적지만 위험한 건 할리 볼자크가 데리고 다니고 있는 호문쿨루스 안에 있는 녀석이다."

"…안에 있다고? 누구기에?"

"글쎄, 그게 문제지. 아직 정체를 밝히지 않아서 워처도 완전히 파악을 못 했거든. 아니, 그렇게까지 강력하면 워처 녀석은 기척으로 추측할 수 있을 텐데…."

거기까지 말한 참에 모습이 사라지더니 뱀 지팡이를 지닌 소년이 말을 이었다.

"완전히 자신의 기척을 차단하고 있어. 그런 상태로 힘을 행사하고 있다니, 정말 대단하다니까. 워처뿐만이 아니라 최고 수준의 기척감지 능력을 지닌 엘키두조차 그녀와 할리의 영령의 존재를 알아채지 못하고 있어."

"…과연."

"그 밖에도 경계할 만한 팀은 많지만, 말없이 담담히 행동을 일으키고 있는 팀도 있어서 우리도 목적까지는 완전히 파악하지 못했어. 히폴리테 팀도 아직 움직임이 없고, 은랑과 엘키두도 움직이기 시작할 때까지는 무슨 짓을 할지 추측할 수가 없어."

―과연. 그렇다면 적은 인원으로 행동 중인 진영도 얕잡아

볼 수 없겠는걸.

시그마는 역시 일이 호락호락하지는 않겠다고 생각하며 다시금 마음을 다잡았다.

"티네 체르크가 이끄는 토지 수호 일족은 어떻지?"

"지금은 56명의 실행부대가 도시 안에서 활동 중이야. 계곡 쪽에 있는 그들의 거점에도 아직 인원은 있겠지만, 그 집락은 워처의 관측 범위 밖에 있어. 티네 체르크의 전력은 46명 정도고."

"음⋯? 56명 있다면서?"

시그마가 인원수가 맞지 않아 의아하다는 투로 말하자 뱀 지팡이 소년은 담담하게 답했다.

"일곱 명은 다른 조직의 내통자고 세 명은 내통 제의를 받고 흔들리고 있어. 전력이 되지 못할 거야."

"⋯그래. 그거 힘들겠는걸."

"어느 조직에든 내통자는 있어. 팔데우스의 부대에도 스크라디오 패밀리와 내통 중인 인간이 셋 있고, 프란체스카 수준의 마술사라면 내통자가 아니라도 암시를 걸어 두면 간단히 다른 진영의 인간을 배신시킬 수 있을 테고."

"즉흥적인 게 프란체스카다운걸."

본래의 고용주에 대한 비아냥거림 섞인 감상을 읊은 후, 시그마는 다시 워처에게 물었다.

"향후의 움직임이 예상되는 진영은?"

“플랫 에스카르도스와 경찰서장이 일시적인 동맹 관계를 맺었어. 밤 10시에 서장이 클랜 칼라틴을 소집, 작전을 전달해 중앙병원에서 행동을 개시할 거야.”

“병원?”

“거기에 마스터 중 한 명이 의식불명 상태로 입원 중이거든. 아직 영령은 정체를 드러내지 않았지만 이미 행동은 하고 있는 모양이야. 시민에게 빙의해 행동을 조종하고 있는 것 같아. 그 규모가 수만 명 단위로 부풀어 올라서 경찰서장도 방치할 수 없게 된 거겠지.”

이야기를 자세히 들어 보니 아무래도 플랫과 경찰이 동맹을 맺고 그 소녀를 격리시켜 조사할 예정이라는 듯했다. 소녀가 쿠루오카 가문이 개량한 바이러스에 감염된 탓에 매우 신중히 움직일 것이라 했다.

“어째서인지 흡혈종이 그 소녀의 침대 아래서 자고 있는데, 이유는 알 수 없어요. 하지만 어새신 씨를 욕보이기 위해 그 아이를 이용하겠다는 투의 혼잣말을 했었죠.”

기계장치 날개를 단 소년으로 변한 그림자가 제스터 카르투레라는 흡혈종에 관한 정보를 읊었다.

아무래도 어새신의 마스터는 매우 성격이 고약한 모양이었다.

시그마는 그러한 정보들을 듣고 자신은 어떻게 움직일지를 생각했다.

─얌전히 있는 게 좋을까? 아니면 직접 개입하거나 팔데우스 일행에게 정보의 일부를 흘려서 저쪽에게 처리를 시켜야 할까….

시그마가 이런저런 가능성을 고려하던 중, 그림자는 그의 혼란을 더욱 부추기는 말을 입에 담았다.

"저기, 그게… 확정적인 것은 아니지만, 밤 10시가 지나면 알케이데스가 병원으로 갈지도 몰라요."

"버즈디롯의 궁병이? 어째서?"

"아마도 병원에 있는 소녀에 관해 알게 되기 때문일 거예요."

"……?"

무슨 말인지 이해가 되지 않아 시그마가 고개를 갸웃하자 선장의 모습으로 변한 그림자가 말했다.

"단순한 이유다, 애송이. 10시에 서장이 클랜 칼라틴에게 작전을 전달한다고 했지?"

"설마…."

"비리 경찰이 있다는 거지. 경찰서장 각하도 설마 자신의 부하들 중에, 그것도 무려 스크라디오 패밀리의 장기짝이 있을 줄은 꿈에도 모를 거다."

13장
『2일차. 밤.
이윽고 제2, 제3의―』

밤 10시. 스노필드 중앙교회.

시내 최대의 카지노 호텔, 크리스털 힐을 사이에 끼고 경찰서와 반대쪽에 위치한 스노필드 중앙병원. 그 병원에서 약간 떨어진 곳에 교회가 세워져 있었다.

역사가 오래되지 않은 도시이기는 하지만 그럭저럭 위엄이 있는 외관이라, 평소에는 신앙심 깊은 사람들과 관광을 목적으로 찾아오는 사람들로 북적이는 교회였다.

하지만 현재는 사람을 물리는 결계가 펼쳐져 있어, 평범한 인간은 얼씬도 하지 않는 공간이 되어 있었다.

그런 가운데, 밤의 교회에 남아 있던 신부가 쓴웃음을 지으며 입을 열었다.

"보호를 요청하러 온 건… 아닌 것 같군. 그 서장을 놀려 주려고 했는데."

안대가 특징적인 신부―한자 세르반테스.

그의 주변에는 네 명의 수녀가 전개 중이었다. 전투복 차림은 아니었지만 그녀들은 수도복을 입은 채로도 언제든 싸울 수 있도록 준비를 한 채 방문자를 경계하고 있었다.

그럴 만도 한 것이, 교회에 나타난 것은 벨라를 비롯한 25명 정도의 '클랜 칼라틴' 멤버들이었기 때문이다.

서장은 몇 명의 멤버를 수중에 남겨 둔 채 경찰서에서 지시를 내리고 있었는데, 병원에 대한 작전 행동의 일환으로 교회를 이용할 것을 제안한 것이다.

"사정은 알겠지만, 내가 그걸 허가할 것 같나?"

한자가 고개를 갸웃하자 벨라가 답했다.

"지원을 요청하려는 것이 아닙니다. 하지만 작전 내용에 따라서는 이곳에서 한 사람을 보호해 달라는 요청을 하게 될 듯합니다."

"서번트만 활동 중인 의식불명 상태의 마스터라. 물론 보호하는 데에는 감독관으로서도 신부로서도 한 사람의 인간으로서도 찬성이지만, 그건 성배전쟁을 사퇴하겠다는 의지가 있을 경우에 한해서야. 이번 경우에는 그 서번트와 교섭을 할 수 있을지 어떨지도 모르는 일이잖아?"

"네, 경우에 따라서는 서번트를 강제적으로 제거하게 될 듯합니다. 그럴 경우에는 감독관의 영역을 넘어서는 일이므로 당신에게 협력을 요청할 일은 없을 겁니다."

"과연. 보기 좋게 이용당하는 듯한 기분이 들지만… 뭐, 그게 감독관이라는 것이니 별수 없지."

어깨를 으쓱한 한자는 경찰들 옆에서 이쪽을 빤히 쳐다보는 청년이 있음을 알아챘다.

"그런데 저 사람은? 경찰은 아닌 것 같은데."

그러자 지목을 당한 소년—플랫이 허둥지둥 한 걸음 앞으로 나섰다.

"아, 만나서 반가워요! 저는 플랫이라고 해요. 버서커의 마스터이고, 이번 일에 협력하게 됐어요. 성배전쟁의 감독관님, 잘 부탁드립니다!"

"호오, 이제야 순순히 나를 감독관으로 인정해 주는 마스터가 나타났군. 한자 세르반테스다. 이쪽이야말로 잘 부탁하지."

자조 섞인 미소를 지은 한자의 온몸을 관찰하던 플랫이 물었다.

"저기…. 아니거나, 실례라고 생각하신다면 사과할게요. …한자 씨, 그저께 경찰서 주차장에서 싸우지 않았나요? 그리고 이거, 몸의 7할 정도는 기계 같은데, 맞나요…?"

"…호오, 알아보는 건가?"

"네에, 군데군데 마력의 흐름이 기하학적으로 변화해 있는데다 **제가 모르는 거니** 아마 기계겠지 싶어서요! 와아, 란갈 씨나 토우코 씨의 인형과도 다르네…. 굉장해요. 저, 사이보그는 처음 봤어요! 로켓 펀치 같은 것도 쏠 수 있나요?! 혹시 드릴 같은 것도 달렸어요…?"

플랫이 한자의 신체적 특성을 꿰뚫어 보고 말하자 한자가 고개를 가로저었다.

"주먹은 안 날아가고, 드릴은 비밀이지. 하지만 한쪽 팔은 최대 3미터까지 늘어나고 그레네이드 탄을 사출할 수 있지. …이건 비밀이지만 다리에는 성별聖別을 마친 전기톱이 장착되어 있어."

"…감동했어요. 시계탑의 마술사라도 괜찮다면, 악수해 주세요!"

"괜찮고말고. 자네는 센스가 좋은걸. 마술에 싫증이 나면 성당교회로 오도록."

원수지간일 터인 시계탑의 마술사와 성당교회의 대행자가 서로를 인정하는 듯한 미소를 날리며 굳은 악수를 나누어 보였다.

당혹스러워하는 경찰들은 물론이고, 2인 1조로 대기 중이던 수녀들도 수런거렸다.

"한자 사부, 마술사한테 비밀을 다 불고 있는데… 괜찮은 걸까."

"늘 있는 일인걸. 한자는 속이 어린애나 다름없잖아."

×   ×

깜깜한 곳.

공장지구에 위치한 자신의 공방을 폐기한 버즈디롯은 스크라디오 패밀리가 준비한 예비 거점에서 대기 중이었다.

그런 그의 앞에서 위저보드 같은 형태의 '통신기'가 천천히 움직이더니, 순서대로 알파벳을 가리켜 문장을 만들어 나갔다.

그 내용을 확인한 버즈디롯은 무표정하게 어둠을 향해 말했다.

"알케이데스, 움직일 수 있나?"

그러자 어둠속에서 영체화를 해제한 알케이데스가 나타나, 농후한 마력을 온몸으로 내뿜으며 입을 열었다.

"당연하다."

"…경찰 내부의 '쥐'에게서 연락이 왔다. 병원으로 간다."

그리고 평소와 다름없이, 감정을 걷어 낸 목소리로 알케이데스에게 지시를 내렸다.

"…희생이 필요한 순간이 왔다. 어린아이를 한 명, 처리해 줘야겠다."

"그런가."

망설이는 듯한 낌새는, 조금도 느껴지지 않았다.

버즈디롯은 알케이데스의 그런 태도가 만족스럽기는 했지만, 그렇기에 떠오른 의문을 입에 담았다.

"새삼스럽지만, 그 캐스터와의 거래로 손해 볼 것이 없다고는 하나 상당히 순순히 물러섰군그래. 오기로라도 그 여신을 죽일 거라 생각했다만."

영주를 몽땅 써 버린 버즈디롯에게는 알케이데스를 막을 수단이 없었다.

그렇기에 구미가 당기는 거래를 하나 날릴 각오를 하고 있었는데, 뜻밖에도 알케이데스가 활을 거뒀던 것이다.

"…그건, 내가 아는 신이 아니다."

"장소가 다르다는 건가? 하지만 본질은 비슷할 텐데."

"아니, 그런 의미가 아니다. 그건 본체도 분신도 아니라… 아마도, 타인의 인격에 새겨 넣은 외침 같은 거다. 시대조차도 초월한, 흉측한 저주지."

알케이데스는 냉정하게 장비를 갖추며 임시 공방의 출구를 향해 걸어 나갔다.

"나는 신을 증오하지만, 신이 남긴 저주는 나중 문제다. 언젠가 처리해야 한다는 것은 분명하지만, 그 전에 영웅왕을 자칭하는 반신을 처리해야 한다. 그뿐이다."

"그렇다면 오늘 밤 일도 실수 없이 해치워야 할 거다."

버즈디롯은 날카로운 눈빛으로 알케이데스의 뒷모습을 배웅하며 그에게 이 일로 인한 이점을 제시했다.

"일이 잘 풀리면 영웅왕을 상대할 때의 불안요소가 대폭 줄어든다. 그리고 네게서 모든 것을 앗아간 신의 이름을, 실컷 더럽힐 수 있을 거다."

마스터의 말을 들은 궁병은 등을 돌린 채, 담담하게 동의의 말을 입에 담았다.

"물론 그럴 것이다. 나의 존재는, 오로지 그 이름을 더럽히기 위한 것이니."

×　　　×

교회. 옥상.

중앙교회의 지붕은 일부가 옥상으로 되어 있어, 별 하늘과 야경의 일부, 그리고 아름답게 장식된 종루가 보이는 공간이었다.

그런 장소에서 대기하며 플랫은 안도의 한숨을 내쉬었다.

"아아, 다행이다…. 어찌어찌 잘 정리가 됐네요."

그러자 손목시계로 변신한 상태의 잭이 대답했다.

(자네의 스승인 마술사 공의 덕분이겠지. 경찰서장 앞에서 읊은 고찰, 그리고 그 후 보였던 교섭 수완은 훌륭할 따름이었네.)

잭은 옆에서 보고 있었을 뿐이었지만 로드 엘멜로이 2세는 마치 안락의자 탐정처럼 그 자리에 없음에도 도시의 상황을 정리해 나갔다.

아마도 소녀는 서번트에게 빙의되어 있으리라는 것, 심층심리 속이나 꿈속에서 계약을 맺었을 가능성이 있다는 것.

엘멜로이 2세는 소녀가 쿠루오카가 만들어 낸 세균 등에 감염되었을 경우를 전제로, 불러낸 영령은 병원균과 관련된 영령이거나 세균, 바이러스와 같은 개념이 없는 시대에 병 그 자체의 상징으로 여겨지던 존재일 것이며—현재 도시에서 일어나고 있는 이상 현상은 **의도적으로 감염 대상을 선택하는 세균상의 마술**이라는 매우 특수한 것에 의한 일이 아닐까, 하고 추측했다.

그 후에는 서장과 이런저런 교섭을 벌였는데, 아닌 게 아니라 그는 영국을 떠나지 않은 채로 스노필드에서 벌어지고 있는 성배전쟁의 흑막의 뒤로 파고들었다고 할 수 있으리라.

"시계탑에서 마술을 사용하지 않은 고찰과 교섭으로 교수님을 이길 수 있는 사람은 없어요. …뭐, 교섭에 상대의 협박이 섞여 들면 어려워하시지만요…."

과거에 뭔가 이런저런 일들이 있었는지, 플랫은 옥상 난간에 두 팔꿈치를 얹은 채 과거를 그리워하듯 말하기 시작했다.

"시계탑은, 파벌 같은 것들 때문에 여러모로 성가신 곳이거든요. 그런 건 **제가 보기에는 비효율적**이라 잘 모르겠지만…. 교수님도 그런 걸 보고 바보 같다고 하면서도 상대방의 자존심은 세워 주며 잘 처신하셨어요. 저를 거둬 주셨을 때도 이래저래 일이 있었던 것 같고요."

플랫은 그렇게 말한 후, 잠시 침묵했다가 잭에게 말했다.

"병원에 있는 여자애, 살았으면 좋겠네요."

(그렇군.)

동의한 후, 잭이 문득 물었다.

(…한 가지 궁금한 게 있는데.)

"뭐가요?"

(어째서 그 소녀를 구하려 하는 겐가?)

"어째서냐니요…?"

근본적인 물음이 날아들자 플랫은 바로 대답하지 못하고 어물거렸다.

(자네는 분명 마술사답지 않게 온화한 성품을 지녔네. 성배 전쟁 때문에 소녀를 죽이는 건 싫다고 생각하는 것도 이해는 되네. 하지만 본래는 적인 다른 마스터 앞에 모습을 드러내면서까지 그리 행동하는 건 다소 일반인의 감각과도 괴리된 일 아닌가?)

"…곤경에 처한 사람을 돕는 건—"

(당연하지 않네. 정도에 따라 다르지만, 그건 결코 당연한 일이 아니네, 마스터. 사람은 그렇게까지 강하지 않아. 강해지려는 데는 뭔가 이유가 있는 법이지.)

그러자 플랫은 과연, 하고 고개를 끄덕이더니 잠시 밤하늘을 올려다보며 생각했다.

그러고는 자신의 마음속에서 정리가 되었는지, 한차례 크게 고개를 끄덕이고서 입을 열었다.

"단순해요. 교수님 덕분이에요."

(호오. 역시 그의 영향인가.)

"교수님이 저와 같은 상황에 있다면, 아무런 대가가 없어도 그 아이를 구하지 않을까 싶어서요. …잭 씨의 말이 맞아요. 어째서인지는 잘 모르겠지만, 교수님은 마술 실력이 낮기는 해도, 엄청나게 강한 사람이에요. 저뿐만이 아니에요. 교실에 있는 애들도, 교수님을 싫어하는 몇몇 사람들도 그건 인정하고 있어요."

그리고 플랫은 자신이 부끄럽다는 듯 쓴웃음을 짓더니 왼쪽 손목에 찬 영령시계에게 말했다.

"예전에… 제가 엄청난 실수를 해서, 교수님한테 폐를 끼친 적이 있거든요."

(이야기를 듣자 하니 평소에도 민폐를 끼치고 있는 것 같네만….)

"네에, 하지만 그때는 그런 수준이 아니라… 저와 루시앙 군이라는 친구가 아트럼 씨라는 마술사한테 붙잡혔었는데. 아아, 죽겠구나 싶더라고요."

플랫은 자신의 생사조차도 가볍게 말하더니 자조 섞인 미소를 지은 채 말을 이었다.

"하지만 교수님은, 큰 내기를 해서 저희를 구해 주셨어요. 소중한 친구를… 평생이 걸려도 만나고 싶다고 생각하는 사람을 만나기 위한 소중한 도구를, 내기 테이블에 올려놓으면서까지."

만나기 위한 도구.

그 기묘한 표현을 들은 잭은 문득 생각해 냈다.

―소환을 위한… 촉매인가.

어쩌면 그 교수가 만나고 싶어 하는 친구라는 것은, 지금의 자신과 같은 존재―다시 말해 성배전쟁에서 해후했던 영령이 아닐까.

그렇다면 그것은 타인에게는 결코 가치를 매길 수 없는 물건이리라.

그것을 자신의 학생을 구하기 위해 내기 테이블에 올려놓았다니. 확실히 플랫의 스승답게 머릿속 나사가 몇 개쯤 풀려 있는 것 같다.

잭이 그런 생각을 하던 중, 자기 나름대로 결론을 내린 플랫이 때때로 보이는 씁쓸한 미소를 지은 채 말했다.

"이게, 저만의 문제로 끝날 일이었다면 저는 제 목적을 위해, 그 여자애를 버렸을 거예요. 어쩌면 평범한 마술사들처럼, 솔선해서 죽였을지도 몰라요."

(……)

"하지만 저는 에스카르도스 가문의 마술사이기 전에, 엘멜로이 교실의 플랫 에스카르도스예요."

엘멜로이 교실.

그 이름을 입에 담은 순간, 플랫의 얼굴에서 씁쓸한 빛이 사라지더니 자신감에 찬 목소리가 흘러나왔다.

"그 교실에 있는 이상, 제 인생은 더 이상 저만의 문제가 아니에요. 지금 그 여자애를 버리는 건, 교수님과 교실의 모두를 배신하는 짓이에요. 저한테 그건… 저의 **마술사로서의 목적**을 잃는 것만큼이나 무서운 일이죠."

(과연. 무서워서, 라는 것이 이유라면 납득할 수밖에 없겠군 그래.)

그러자 이번에는 플랫이 반대로 잭에게 물었다.

"잭 씨야말로 어째서 반대 안 하는 건데요?"

(음….)

"성배전쟁에서 살아남으려면, 굳이 여자애를 구해 낼 필요는 없잖아요. 격렬하게 반대하면 영주를 쓰는 수밖에 없겠지만, 꽤 선뜻 승낙해 준 것 같아서요."

플랫의 말에 잭은 '뭔가, 그런 뜻이었나'라는 투로 시곗바늘을 으쓱하며 말했다.

(간단하네. 나 역시 자네의 스승인 마술사―로드 엘멜로이 2세 공의 영향을 받은 것에 불과하다네.)

플랫이 엘멜로이 2세에게 전화를 걸었다가 두 시간 동안 설교를 들었을 때, 잭은 아주 잠시 2세와 대화를 할 기회가 있었다.

거기서 자신이라는 영령의 성질과 자신이 성배에 바라는 것이 '살인마 잭의 정체를 아는 것'이라고 말했을 때, 그의 거침없는 목소리가—마치 마술 강의처럼, 잭의 내면으로 스르륵 흘러들었다.

—'나는, 사람의 본질이라는 것은 타자와의 만남으로 형성되는 것이라 생각한다.'

—'1800년대 런던에서 실제로 살인을 저지른 것은 누구인가. 그건 시계탑에서도 의견이 분분한 블랙박스 같은 의문이지.'

—'하지만 플랫 곁에 나타난 것이, 당신처럼 온화한 성질을 지닌 존재라는 점에는 솔직히 감사하고 싶군.'

—'나는 그 바보 제자에게 좋은 쪽으로든 나쁜 쪽으로든 조금이라도 영향을 주었다면, 그건 누가 뭐래도 새로이 생겨난 살인마 잭의 일면으로 인한 것이라 생각하니 말이지.'

—'그러니 나는 도시전설도 영령도 아닌, '당신'을 **기억하겠노라**고 약속하지. 생전의 당신이 어떠한 자였는지는 상관없어. 플랫의 서번트로서 짧은 기간이라도 그에게 길을 안내해 준 존

재로서, 나는 지금 이렇게 말을 나누고 있는 당신을 기억하겠
노라고 약속하지.'

　—'그러니 부디… 바보 같은 제자지만 플랫을 잘 부탁한다.'

　—'영주는커녕 아무것도 없는, 나의 일방적인 부탁이지만…
부디 그를 잘 지켜 주게.'

　(나 원, 전에도 말했지만 그 이상 말을 했다가는… 정말로 홀
랑 넘어갈 뻔했네. 그는 사람의 모습을 한 몽마夢魔일지도 모르
겠군그래.)

　그때 나누었던 대화를 떠올린 잭은 시계의 모습을 한 채 쓴
웃음을 지었다.

　(심금을 울리는 말을 한마디 들어서 말이네. 나도 그의 영향
으로 인생이 바뀌었지. 그뿐이네.)

　그러자 플랫이 천진난만한 미소를 지으며 말했다.

　"그러면 잭 씨도 엘멜로이 교실의 학생이네요."

　(…살인귀가 소속되어 있으면 민폐 아니겠는가.)

　잭이 당연한 사실을 입에 담자 플랫은 고개를 가로저었다.

　"비슷한 사람이 졸업생 중에 있어서 괜찮을걸요?"

　(…전혀 괜찮지 않을 것 같네만….)

　시계는 쓴웃음을 지은 채 그렇게 말하더니 바늘을 흔들며 문

득 진지한 투로 말을 이었다.

(자네의 마음 속에는 아직도 커다란 공백… 아니, 공백은 아니군. 자네 본인은 알지 못할지 모르겠지만, 커다란 세계와의 상충점이 자리하고 있네.)

"……."

플랫이 불안해 보이는 표정을 짓자 잭은 계속해서 말했다.

(하지만 나는 안심했네. 저러한 마술사가 스승이기 때문이 아닐세. 자네가 저 스승의 삶을 숭고하다 여기고 있다는 점 때문이네. 그러한 마음가짐이 있는 한, 자네는 그 세계와의 상충점을 극복할 수 있을걸세.)

"…그럴까요…. 저는 잘 모르겠어요. 분명 마술사와도… 평범한 사람들과도 다른 점이 있겠지 정도의 느낌만 있어서요."

(안심하게나. 사람은 누구나 어느 세계와는 이질감을 느끼며 살기 마련이니. 이런 꼴을 하고 말을 하려니 좀 그러네만, 찰나의 시간도 틀리지 않고 완전히 시간이 일치하는 시계는 존재하지 않는다네. 그저 시계를 맞추고자 노력하는 자들이 있을 뿐이지.)

그 말을 들은 플랫은 키득키득 웃으며 입을 열었다.

"잭 씨의 정체는, 의외로 시인이나 뭐 그런 거 아닐까요."

(…그렇게 달뜬 소리를 했는가?)

"했고말고요. 경찰에게 남긴 편지에 '지옥으로부터'라고 적을 만도 하네요."

(…그럴듯하군.)

당시의 희생자를 생각해 큰 소리로 웃지는 않았지만 잭과 플랫은 서로 한차례씩 미소를 주고받고서 병원 쪽으로 시선을 돌렸다.

"…슬슬 시작하려나요."

(그래, 병원의 입원 환자들까지 물릴 수는 없는 일이니 말이지. 환자는 광역마술로 잠재우고 의사들은 의식을 저해시켜 돌입하는 경찰 부대를 보지 못하도록… 잠깐, 뭔가 이상하네.)

"……?"

잭의 말을 들은 플랫은 교회 옥상에서 병원 앞 도로를 바라보았다.

그곳에서는, 경찰들이 도로 뒤에서 무언가를 가리키며 소란을 떨고 있었다.

플랫은 시력을 마술로 강화하며 그들이 가리키는 방향으로 시선을 돌려—

'그것'을 보았다.

보고 말았다.

성체가 된 코끼리만큼 커다란, 머리 셋 달린 개가 퍼런 숨결을 입에서 흘리는 모습과—활을 들고 기묘한 천을 두른 채 여유롭게 그 등에 올라서 있는 남자의 모습을.

×　　　×

중앙병원 옥상. 저수탱크 위.

"…케르베로스라. 저 궁병은 대체 뭐지?"

높은 곳에서 그 거대한 짐승을 바라보고 있는 것은 흡혈귀 청년의 모습으로 돌아간 제스터 카르투레였다. 아직 한자에게 당한 상처가 회복되지 않았는지, 옷 사이로 보이는 피부에는 성수에 탄 흔적이 생생히 남아 있었다.

"재미있군. 이 성배전쟁에는 또 어떠한 가짜와 마물이 있는 것이지? 저 아름다운 어새신은 누구와 춤을 추게 해야 할까? 이거 진득하게 앉아서 골라 봐야겠는걸?"

×　　　×

병원 앞. 대로.

넓은 지역에 걸쳐 사람을 물리는 조치를 취해 둔 덕에 평소 순찰을 도는 경찰들에게는 대로가 이상하리만치 한산하게 느껴졌다.

하지만 그 적막한 분위기를 무너뜨리는 존재가 길 저편에서 나타났다.

독살스러운 숨결을 날카로운 이빨 틈새로 흘리고 있는, 머리가 셋 달린 거대한 개.

경찰 부대가 그것이 신화며 영화에서 질리도록 보아 온 '케르베로스'라는 존재라는 걸 알아채는 데에는 얼마간 시간이 필요했다.

그 정도로 그들이 상상했던 케르베로스를 한참 초월하는 위압감과 공포를 흩뿌리고 있었던 것이다.

거대한 개는 대기가 내려앉을 듯 농밀한 마력을 내뿜고 있었다.

그 등에 올라선 궁병 역시 그 마력을 쐬고도 멀쩡하기만 해서, 만약 그가 활이 아닌 커다란 낫을 들고 있었다면 누구 할 것 없이 사신이라 믿고는 미친 듯이 비명을 질렀을 것이다.

거대한 지옥의 파수견은 경찰들의 앞까지 와서 일단 걸음을 멈추더니 고개를 숙여 주변에 있는 자들을 노려보았다.

등 뒤에 올라선 궁병이 묵직한 목소리로 말문이 막힌 경찰들에게 물었다.

"…영령이 몸에 깃든 어린아이는, 어디에 있지?"

그렇게 묻는 궁병은 이미 병원 방향으로 몸을 튼 상태였다.

아마도 그는 몇 층의 어디쯤에 소녀가 있는지를 묻는 듯했다.

경찰 부대 중 한 사람이 용기를 쥐어 짜내어 그 궁병에게 물었다.

"가르쳐 주면, 그 아이를⋯ 어쩔 셈이지?"

"물론 성배전쟁의 규율에 따라, 정면에서 없앨 뿐이다."

경찰들이 술렁거렸다.

이 척 보아도 평범한 영령과는 다른 힘이 느껴지는 존재가―

얼마 전 자신들이 싸웠던 어새신이 가녀리게 보일 정도의 위압감을 두른 존재가―

의식도 없는 어린 소녀를 '정면에서 당당히 죽이겠다'는 소리를 하다니.

"⋯웃기지――――"

말의 의미를 이해한 경찰 중 한 명이 무심결에 분노로 가득한 고함을 지르려던 순간.

그의 성난 목소리는 폭음으로 인해 지워졌다.

궁병이 위협을 위해 쏜 활이 아스팔트에 꽂히더니, 그 주변 10미터 정도를 폭발시켜 자그마한 크레이터를 만들어 낸 것이다.

옆에 있던 몇 사람이 고스란히 폭풍에 휘말렸고 몇몇은 그대로 의식을 잃었다.

"대답하지 않겠다면 그래도 상관은 없다. 방해는 하지 마라."

그리고 궁병은 힘껏 활을 당겼다.

무슨 짓을 할 셈인지, 경찰들은 금방 알 수 있었다.

이 궁병은 10층으로 된 광대한 병원을, 자신이 지닌 활만으로 전부 파괴할 셈이다.

가벼운 위협사격으로 아스팔트에 크레이터를 만든 위력을 본 그들 중, 그것이 불가능한 일이라 생각하는 자는 없었다.

그리고 경찰들이 제지하고자 움직이기도 전에 온 힘을 다해 당긴 활의 일격이 내쏘아졌다.

×　　　×

"칫! 그렇게 나왔나!"

제스터는 궁병의 의도를 알아채고는 자신이 올라서 있는 급수탑을 재빨리 짓밟아 파괴했다.

그리고 어떠한 힘을 사용한 것인지 흘러나온 물을 자유자재로 다루어 발사된 활을 향해 있는 힘껏 날렸다.

물이 폭발을 일으키자 폭죽이라도 터진 듯, 도시의 불빛을 배경으로 물방울이 요란하게 튀었다.

가까스로 궤도를 바꾼 화살은 병원의 옥상 일부를 도려내고는 그대로 하늘 저편으로 사라졌다.

"이거 원. 어찌된 거냐, 경찰 부대? 좀 더 분발해야지."

제스터는 며칠 전에 자신의 손으로 괴멸시킬 뻔한 경찰들을 응원하며 얄미운 미소를 지은 채 한숨을 내쉬었다.

"쿠루오카 츠바키를 나의 동족으로 만들어 버리면 일단은 안전해질 테지만… 그렇게 되면 어새신은 주저 없이 츠바키를 죽일 테지. 그래서는 재미가 없다는 게 문제야."

그는 혼잣말을 중얼거린 후, 중요한 사실을 알아채고는 고개를 가로저었다.

"아니, 애초에 저 계집의 체력으로는 몸이 견뎌 내지 못해 변화하기 전에 죽으려나…."

×   ×

"…마물 같은 것인가?"

케르베로스의 등에 있던 알케이데스는 방금 전 두꺼운 물의 방패를 전개한 존재에게로 시선을 돌렸다. 영령과도, 신령과도 다른 기척을 두른 그 남자를 본 알케이데스는 경계하며 땅바닥에 내려섰다.

"훼방꾼이 있으면, 물어 죽여라."

보구 '열두 가지 영광—킹스 오더'로 소환한, 과거에 겪었던 시련 중 하나에서 붙잡았던 지옥의 파수견─케르베로스.

이 세상의 것이 아닌 거대한 마수에게 지시를 내린 알케이데스는, 본격적으로 병원을 파괴하기 위해 활을 겨눈 채 병원 옥상에 있는 '적'을 물끄러미 관찰했다.

─역시 저 기척은 서번트가 아니군.

─그 여신을 자칭한 여자와도 다른 기적이야.

─아마도, 별이 낳은 짐승이거나… 사람의 모습을 한, 네메아의 사자겠지.

알케이데스는 자신의 얼굴을 뒤덮은 모피의 주인이었던 사자를 떠올리며 경계심을 한층 더 강화시켰다.

추가로 '열두 가지 영광─킹스 오더'에서 무엇을 현현시켜야 할까 생각하던 중─등 뒤에서 가벼운 충격이 퍼졌다.

뭐, 가볍다고 느낀 것은 알케이데스의 개인적인 감상일 뿐, 본래는 장갑차의 차체를 꿰뚫을 정도의 위력이었지만.

네메아의 사자의 모피가 막아 낸 그것은 경찰 부대의 일원이 던진 창이었다.

"…젠장…, 튕겨 내는 게 어딨어…. 또 이 패턴이야?! 뭐야! 대체 뭐냐고! 너도 사도인지 뭔지 하는 놈이냐, 이 자식…!"

그렇게 외쳐 대는 경찰 중 한 명에게 호응하듯 주변에서 차례로 경찰 부대의 보구인 듯한 것의 원거리 공격이 쏟아졌다.

"…미적지근하군."

그것을 활로 떨쳐 내면서 중간 중간 내쏜 활의 일격이 도로에 또다시 크레이터를 만들어 냈다.

—케르베로스는 뭘 하고 있는 거지?

분명 물어 죽이라 명령했음에도 불구하고 경찰 부대가 줄어드는 낌새가 없었다.

아니, 오히려 늘어나고 있는 것 같았다.

"…음?"

알케이데스는 알아챘다.

분명 조금 전보다 수가 늘어 있었다.

좀 더 자세히 말하자면 케르베로스는 **착실히 알케이데스가 지시한 임무를 수행하고 있었다.**

세 개의 입은 각각 사람의 몸을 몇 개씩 물고 있었으며 발아래에는 십여 명의 경찰이 억눌려 있었는데, 그런 상태로도 계속 저항하려 하고 있었다.

그 광경을 본 경찰들도 뭔가가 이상하다는 사실을 알아챈 듯했다.

"이, 이봐…."

"저기 물려 있는 녀석들… 누구지?"

당혹감에 사로잡혀 중얼거린 말을 들은 알케이데스가 눈살을 찌푸린 순간—

그의 눈앞에 십여 명의 경찰이 추가로 나타나, 솔선해서 케르베로스에게 덤벼들었다.

심지어 보구 같은 무기는 들지도 않은 채, 평범한 권총이며 경봉만을 손에 들고서 우르르 몰려가 케르베로스에게 도전하고 있었다.

마치 앞다투어 잡아먹히려는 듯이.

"말도 안 돼, 이건…."

"말도 안 되긴."

등 뒤에서 목소리가 들려와 돌아보니 그곳에는 평범하기 이를 데 없는 경찰이 서 있었다. 그는 자신과 같은 모습을 한 무수히 많은 경찰들이 잡아먹히는 모습을 바라보며 광기 어린 미소를 지은 채 입을 열었다.

"나는 본래 자신을 지옥에서 왔다고 밝힌 죄인. 죄를 씻을 길이 없는 살인귀니."

"지옥의 파수견에게 계속해서 물리는 고통을 당해 마땅하고 말고."

그렇게 말함과 동시에 그 경찰은 알케이데스와 대치했다.

역시 평범한 권총과 경봉만을 든 채, 케르베로스보다 훨씬 흉악한 마인과.

"그 명계의 마견魔犬을 거느리다니, 설마 그럴 리는 없겠지만 하데스가 현현한 것은 아닐 테지?"

찰나―알케이데스는 거무튀튀한 분노를 몸에 두르더니 증오로 가득한 목소리로 경찰에게 말했다.

"약자여…. 아무리 자신에 비해 강대한 힘을 보았다 한들 나를 신들과 같은 어리석은 자들과 동일시하는 것은 용납지 못한다. 또다시 같은 과오를 범하면 죽음보다도 깊은 대가를 치르게 될 것이다."

그러자 경찰은 대담한 미소를 지으며 말했다.

"자네의 정체를 캐내려 한 것이네만 무례를 범했다면 사과하지. 과연, 확실히 자네는 신은 아닌 듯하군그래. **신과 인연이 있는 자라면, 나는 인과를 억지로 이어 붙여 자네가 될 수 있었을지도 모르네만….**"

"……."

"아무래도 나는 자네가 될 수는 없는 듯하군. 하지만… 자네의 본질은 이해했네. 케르베로스를 거느리고 있는 것이나 그 신에 대한 증오를 통해 대략적인 정체는 추측할 수 있지. 아마도 과거에는 자신의 몸속에도 그 피가 흐르고 있었을 터인, 신을 부정하는 대영웅이여."

어떠한 수단을 사용한 것인지 경찰은 알케이데스의 영기靈基를 알아낸 듯했다.

그리고 경찰의 모습을 한 자는 알케이데스가 강자라는 것을 알면서도 무기를 겨누며 덤벼들었다.

"그렇다면 나는 자네를 사람으로 여기도록 하지. 그리고…
자네를 사람으로서 죽여 보이겠네!"

×   ×

"환술은 아니로군. 저건… 뭐지? 정말로 실체가 생겨나서,
케르베로스에게 먹히고 있어."

병원 앞 대로에서 일어난 광경을 본 제스터가 눈살을 찌푸린
채 말했다.

이쪽도 제대로 요격하거나 츠바키를 데리고 도망칠까 생각하
던 참에 나타난 의문의 경찰.

처음에 한 명이 케르베로스를 향해 돌진하더니 쉴 새 없이
같은 모습의 경찰이 나타나서 케르베로스의 발톱과 입을 포화
상태로 만들고 말았다.

나아가 저 심상치 않은 궁병에게까지 덤벼들더니, 계속해서
증식하여 싸움을 이어 나가고 있었다.

"저런 성질의 영령이 있었다니…? 대체 어느 나라의 영웅이
지…?"

×   ×

—내가 지금, 뭘 보고 있는 거지?

'클랜 칼라틴'의 일원인 존 윙가드.

새로운 의수를 손에 넣은 그의 눈에는 자신들과 같은 경찰의 모습이 비치고 있었다.

하지만 그 경찰은 그의 동료가 아니었다.

그는 궁병의 주변에 나타났다가는 활에 맞고 쓰러지고, 쓰러 져서는 사라지고, 그리고 다시 어느새 멀쩡한 상태로 나타났 다. 몸이 수없이 비틀리고 끊어져도, 화살에 꿰여도, 같은 경찰 이 그 영령에게 계속해서 덤벼들었다.

그런 모습을 보던 존은, 간신히 정신을 차렸다.

—뭘 멀거니 서 있는 거지?

—어서 나도 저 녀석을 엄호….

뛰쳐나가려던 찰나, 그의 어깨에 손을 얹어 제지하는 자가 있 었다.

고개를 돌려 보니 그곳에는 현재 궁병과 싸우고 있는 경찰과 같은 얼굴을 한 남자 한 명이 서 있었다.

"저건 나의 '사냥감'이네. 옆에서 가로챌 생각 말고 안전한 곳 까지 물러나시게."

"하, 하지만…."

"자네들의 임무는 쿠루오카 츠바키를 확보하는 걸세. 나의 마스터의 결의를 헛되이 하지 말게나."

그 말을 들은 존은 이해했다.

이 남자는 저 플랫이라는 청년의 영령이라는 사실을.

어떠한 존재인지는 알 수 없었지만, 그렇다면 이 현장은 그에게 맡기는 것이 좋을까?

존을 비롯해서 주변에 있던 '클랜 칼라틴'들이 그렇게 생각한 참에 궁병이 입을 열었다.

"약한 자여…. 이름을 말하라."

그러자 그 경찰은 한 걸음 물러나 씩 웃으며 대답했다.

"내게 이름 같은 건 존재하지 않네."

그리고 정신이 들어 보니 경찰의 모습은 둘로 늘어 있었다. 늘어난 경찰이 같은 목소리로 말을 자아냈다.

"위대한 영웅이여. 시대와 함께 모습을 바꾸어 위업을 쌓아 올리며 신대의 전설 속에서 살아가는 존재여. 불면 날아갈 듯한 한낱 범죄자에 불과한 내가 자네에게 할 말은 하나뿐이네."

경찰의 수가 더욱 불어나, 네 명이 된 경찰이 사방에서 궁병에게 단언했다.

"자네가 그만한 각오를 한 데에는 분명 이유가 있을 테지. … 하지만 자네가 그 각오로써 신의 권위를 부정하겠다면! 신의 악행도 선행도 모두 다 부정하고 내버리겠다면!"

여덟 명의 '무언가'는 경찰 이외에도 여러 가지 모습을 취하고 있었다. 그들의 외침이 시가지 도로 위에 메아리쳤다.

"…아무리 강대한 힘을 지녔다 한들, 지금의 자네는 분명 자네가 바란 대로 '인간'이네."

열여섯 명의 고함이 궁병의 영혼을 향해 말했다.

"파락호로 전락하고 인간으로 격상된 영웅이여! 자네가 어떤 대영웅이었다 한들! 세계를 파괴할 힘을 지녔다 한들!"

서른두 명의 대담한 미소가 궁병을 에워싸는가 싶더니―그들 모두가 처음부터 있었던 한 사람에게로 빨려드는 모양새로 사라졌다.

"본질이 인간인 한… 자네는 한낱 힘없는 '살인귀'에게 사냥당하게 될걸세."

그리고, 경찰과 검붉은 궁병의 눈앞에서―

살인귀 잭 더 리퍼―이름 없는 버서커는 그 단어를 목청껏 외쳤다.

자신의 본질을 드러내고, 대영웅의 명맥을 끊기 위해 내지르는 비장의 수―보구의 이름을.

"―'악무惡霧는 런던의 새벽과 함께 스러지리로다―프롬 헬'!"

그리고—병원과 교회 틈새에, 이 세계의 지옥이 현현했다.

×　　　　×

"설마… 설마, 그러한 건가?! 저건, 그러한 것인가?!"

놀라움과 희열로 가득한 미소를 지은 채, 옥상에서 제스터가 눈을 빛내며 말을 이었다.

"잭… 잭, 잭, 잭! 잭 더 리퍼인가!"

자신을 살인귀라 칭한 것과 외친 보구의 이름을 통해 제스터는 그 이름을 도출해 냈다.

그리고 바야흐로 지금, 눈앞에 펼쳐지기 시작한 '세계'를 본 제스터는 황홀한 미소를 지으며 분한 듯 외쳤다.

"아아! 아아! 아름다운 어새신이여! 어째서 지금 그대는 이곳에 없는가?! 어째서 이 광경을 나와 함께 보고 있지 않은 것인가!"

무심결에 영주를 쓸까도 싶었지만 그 마음속 깊은 곳에 자리한 욕망이 간신히 그의 이성을 붙들어 놓았다.

"아, 안 되지. 영주는 이 이상 낭비할 수 없어. 그녀를 절망의 구렁텅이에 떨어뜨리고, 마지막 순간에 나와 함께 죽게 하려면 적어도 두 획은 남겨야…."

진심으로 원통하다는 듯 신음한 후, 그는 분연히 외쳤다.

"그렇다면! 내가 이 광경을 똑똑히 눈에 새기도록 하지! 나중에 그녀에게 가르쳐 주도록 하지!"

그리고 그는 이어서 잭 더 리퍼에 대한 칭찬을 병원 옥상에서 외쳐 댔다.

"오오, 잭! 잭! 잭! 세계에서 가장 불순한 엽기! 사람의 망상을 먹고 자라난 순수한 악몽!"

두 팔을 펼치며, 유열의 극치라는 표정으로, 흡혈종인 제스터가 낡아 빠진 도시전설을 있는 힘껏 칭송했다.

"힘없는 반反영웅이면서도 밤의 어둠을 공포로 물들인 전승! 그 왈라키아의 밤조차도 쫓지 못할 속도로 공포를 세계에 전파시킨 악랄함의 화신이여! 자아, 보여 다오. 네가 진정한 '전설' 앞에서 무참하게 멸망할지, 아니면 진정한 어둠으로써 한 방을 먹일 수 있을지!"

"이래서 세계는 재미있다는 말이지! 아름다운 어새신이여! 그대에게 이 우스꽝스러운 지옥을 바치노라!"

×　　　×

흡혈종이 외친 바대로, 병원과 교회 사이에 하나의 지옥이 현현했다.

짙은 안개가 자욱하게 끼더니 가로수가 몽땅 본 적도 없는 검푸른 식물로 변화했다.

알케이데스가 만들어 낸 크레이터는 붉은 마그마로 메워지더니 독으로 된 증기를 내뿜었다.

사람의 얼굴을 지닌 박쥐가 하늘을 날고 작은 악마들의 모습을 한 화염이 신호등 주변을 둘러쌌다.

런던의 뒷골목을 연상케 하는 칙칙한 건물의 환영이 무수히 나타났지만—

그곳에 사람의 모습은 존재하지 않았다.

굶주림에 못 이겨 빵을 훔치는 아이도 없거니와 그 아이를 때려죽이고 빵을 빼앗는 자도, 마약을 퍼뜨리는 상인도, 그들을 등쳐 먹는 경찰도 없다.

그저 그러한 행동들을 인형에게 따라하게 하며 노는 소악마—그렘린들의 모습만이 안개 속에 떠올랐다.

다시 말해—그 지옥은 우스꽝스러운 인형극에 불과했다.

동화에나 나올 법한 호박 모양 랜턴이 가로등 아래서 웃는 모습에서는 현실성을 눈곱만큼도 느낄 수 없었다.

하지만 동시에 그것은 살인마 잭이 태어난 시대의 사람들이 품고 있던 욕망을 구현화한 것이기도 했다.

표현을 달리 하자면 잭이 자아낸 이 광경은, 어쩌면 '생생한 사람의 악의가 연쇄되어 이룬, 구제할 방도가 없는 지옥'인지도 모른다.

하지만 지금 잭이 지상에 현현시킨 지옥은 '악마라는 절대 악에 의한 사람들의 타락'으로 모든 비극을, 인간의 악의를 '부디 악마의 탓이었으면' 하는 망상의 산물에게 떠안기려 한 왜곡된 소망이 만들어 낸 인조 지옥이라 할 수 있으리라.

그런 비뚤어지고 앳된 지옥 안에―단 하나의 '진짜'가 섞여 있었다.

"……."

알케이데스는 '그것'과 정면으로 마주했다.

신장은 5미터 정도. 인형극 무대 같은 '지옥' 위에 선 '그것'은 생생한 육감을 지니고 있었다.

블루베리와 독벌레를 뒤섞어 놓은 듯한, 표독스러운 청자색 피부.

이상하리만치 발달한 긴 손과 그 *끄트*머리에서 번쩍이고 있는 사브르sabre처럼 긴 발톱.

해골이 마수로 변한 듯한 안면에서는 길고 구불구불한 뿔과 날카로운 이빨이 튀어나와 있었다.

등 뒤에 펼쳐진 날개는 시체를 태운 검은 연기처럼 일렁이며 '그것'의 주변에 짙은 그림자를 드리우고 있었다.

"_____"

'그것'을 본 케르베로스가 덤벼들었다.

그러자 '그것'의 가슴 부근에 위치한 얇은 피부가 부풀어 오르더니, 야만스러운 빛을 내뿜는 심장의 고동이 주변에 널리 퍼졌다.

그 고동 소리가 빨라짐과 동시에 '그것'의 눈이 붉게 빛나더니—

두 눈에서 뿜어져 나온 열광선이 순식간에 케르베로스의 몸을 관통했다.

"_____"

그야말로 지옥 밑바닥에서 솟구쳐 올라온 듯한 절규가 세 개의 머리에서 흘러나와 주변에 있던 클랜 칼라틴의 고막을 진동시켰다.

하지만 지옥의 파수견은 거기서 멈추지 않았다.

마수는 더욱 투지를 불살라, 그 거구를 도약시켜 세 쌍의 이빨로써 '그것'의 몸을 찢어발기려 했다.

하지만 그 세 쌍의 이빨이 닿기 직전에—

'그것'이 위에서 찍어 누르듯 휘두른 발톱이 케르베로스의 몸을 비스듬히 베어, 그 내장과 등뼈를 헤집더니 모피를 붉게 물들이며 찢어 놓았다.

쿠웅. 묵직한 굉음과 함께 케르베로스의 거구가 땅바닥에 쓰러졌다.

클랜 칼라틴은 눈이 휘둥그레졌고, 교회 창문에서 보고 있던 한자 세르반테스는 눈살을 찌푸리며 중얼거렸다.

"…진성 악마는 아니군. 일시적인 환상종 같은 존재인가…. 아니, 하지만 일시적이라고는 해도 저렇게까지 흉악한 존재가 되다니…."

한자는 자신의 안대를 억누른 채 플랫의 영령이 변화한 것─다시 말해 대부분의 일반인들이 '악마'라 부르는 존재를 보며 혼잣말을 했다.

"영령이라는 걸 몰랐다면… 매장기관을 모실 뻔했어."

"…하데스 녀석의 가호가 없으면, 신수神獸에는 미치지 못하나."

알케이데스는 쓰러진 케르베로스를 흘끔 쳐다보고는 욕지거리를 하듯 말하고서 눈앞에 선 거대한 그림자와 다시 마주했다.

"내가 인간이기에 죽을 것이라 했나. 약한 자여. 하지만, 네 놈이 지금 전락한 것과 같은 마수야말로, 인간의 손에 의해 토멸되는 존재가 아닌가?"

알케이데스가 도발하듯 말하자 이제 사람의 그것과는 거리가 멀어진 순백색 안구를 일그러뜨리며 잭이 웃었다.

그저, 하염없이 웃었다.

"…아니지, 그렇지 않네. 신들의 노예에서 인간으로 격상된 자여."

또다시 악마의 눈이 번뜩이는 것을 본 알케이데스는 방어태세를 취했다.

하지만—

그를 덮친 것은 완전히 사각에 해당되는, 후방 상공으로부터의 공격이었다.

"우윽?!"

열광선이 어깻죽지를 관통한 것을 확인하고 뒤를 돌아보자—그곳에서는 눈앞에 있는 것과 완전히 똑같이 생긴 악마가 하늘을 날고 있었다.

"인간이 우리를 쓰러뜨리는 것이 아니네. 인간은 **우리를 만들어 내는** 어리석은 자이자 현자이자—동족포식을 하는 먹잇감에 지나지 않네."

그 말과 함께 다른 방향에서 날아든 발톱의 일격이 알케이데스의 몸을 지옥의 돌바닥으로 변한 도로에 깊이 파묻었다.

그리고 진정한 지옥은 그 순간부터 시작되었다.

땅바닥에 처박힌 알케이데스가 하늘로 시선을 던진 순간 본 것은—

악마로 변한 적의 영령이 수십, 수백의 대군이 되어 하늘을 날며 이쪽을 내려다보고 있는 광경이었다.

잭 더 리퍼의 보구, '악무는 런던의 새벽과 함께 스러지리로다―프롬 헬'은 '잭의 정체는 지옥에서 온 악마다'라는 소문이 능력으로서 구현화한 것이다.

잭 본인이 썼다고 알려진 편지에 적힌 'From hell―지옥으로부터'라는 한마디에서 퍼져 나간 가설로, 도시보다는 미신이 짙게 남아 있던 지방에 퍼질 때 '살인마 잭은 악마다. 혹은 악마에 쓴 악마숭배자다'라는 일화가 뿌리 깊게 자리 잡았었다.

그 힘을 가지고 악마화한 참에―잭은 자신이 지닌 또 하나의 보구를 중첩시켰다.

―'그것은 참극의 종언이 아닐지니―내추럴 본 킬러즈'.

―'살인마 잭은 한 사람이 아니라 집단이었다'.

그러한 일화를 토대로 구성된 보구로, '잭의 범행은 각각 무관한 인물이 범인으로, 세상 모든 사람들이 살인마 잭이 될 수 있다'는 실없는 소리부터, 당시 힘이 있던 사이비 종교의 의식이라는 설까지 온갖 요소를 내포하고 있었다.

마스터의 마력에 따라 최대 인원이 변화하는데― 플랫 에스카르도스와 조합할 경우, 최대 512명까지 동시에 '분산'될 수 있다는 사실이 확인되었다.

아무리 그래도 두 개의 보구를 동시 전개한 상태로는 그렇게까지 많은 인원으로 분산되지는 못했지만—그래도 가볍게 이백을 넘는 수의 악마가 되어 알케이데스라는 '인간'에게 덤벼들었다.

지상에 선 알케이데스가 뭔가 채 행동을 취하기도 전에 다음 공격이 그를 덮쳤다. 무엇보다도 그것은 무기에 의한 공격이 아닌 탓에 그가 지닌 '네메아의 사자의 모피'도 무용지물이라는 사실이 치명적으로 작용했다.

본래의 몸도 튼튼한 덕에 토막토막 찢겨 나가지는 않았지만 그래도 일부 공격이 관통되어 발톱과 열기가 알케이데스의 내장에까지 미쳤다.

연격은 끊임없이, 빗발치듯 쏟아져서 알케이데스는 거의 일어서지도 못할 지경이었다.

만약 지옥의 고통이라는 것이 있다면 바로 지금과 같은 상황을 말하는 것이리라.

그 광경을 본 경찰들은 공포에 질리는 일조차 잊고 숨을 죽인 채 그렇게 생각했다.

하늘을 나는 절대적인 강자가 다른 강자를 압도하는 모습은,

보는 이로 하여금 일종의 아름다움마저 느끼게 했다.

"이봐…. 해, 해낸 거야?"

"아니, 그보다… 저거… 아군 맞아?"

경찰 부대 중 몇 명이 식은땀을 흘리며 중얼거렸다.

정말로 저것을 제어할 수 있다는 말인가?

마스터인 플랫은 어디로 갔다는 말인가?

불안해진 그들이 교회 옥상을 쳐다보았지만 플랫 에스카르도스의 모습은 그곳에 없었다.

그것이 더욱 공포를 부추겨 아무도 말을 꺼낼 수가 없었다.

이제 그 궁병은 흔적도 안 남지 않았을까?

모든 이들이 그렇게 생각한 순간—상황에 변화가 찾아왔다.

"…훌륭하다."

톤은 낮지만 잘 울리는 목소리가 주변에 퍼지는가 싶더니 절구처럼 파인 아스팔트 중앙에 있던 알케이데스가 자신에게 날아온 악마의 발톱을 향해 몸을 날렸다.

그 발톱은 둔탁한 소리와 함께 알케이데스의 발톱에 깊숙이 파고들어, 주변 사람들로 하여금 어쩌면 치명상이 되지 않았을까 하는 생각을 들게 했다.

하지만 알케이데스는 그 발톱을 내지른 악마의 팔을 억누르더니 비어 있는 손으로 자신을 물어뜯으려던 거대한 악마의 이빨을 하나 붙잡았다.

다른 악마들이 일제히 열광선으로 공격했지만, 알케이데스는 붙잡은 손을 떼지 않았다.

그리고 그는 칭찬했다.

하잘것없다고 얕잡아 보던 영웅이.

신성神性은 눈곱만큼도 느껴지지 않는, 근대의 살인귀가 자신의 적수로 충분하다는 사실을 인정하고—

진심 어린 칭찬을 입에 담았다.

"…훌륭하다, 약한 자여. 용케 이 몸을 궁지로 몰았다. 용케 그러한 수준까지 기어올랐군."

"……? 네놈… 무슨 소리를."

뭔가 불길한 예감이 들었는지 악마로 변한 잭이 말했다.

하지만 알케이데스는 그를 무시하며 말을 이었다.

"네가 쌓아 올린 것은, 분명 가치가 있다. '사살백두射殺白頭—나인 라이브스'로 대항해도 상관없었지만… 너의 힘은 그냥 때려눕힐 정도로 무가치한 것이 아니다."

"……?"

"이름도 모르는 살인귀여. 나는 경의를 품고, 너에게서 찬탈하겠다."

"빼앗을 가치가, 네게는 있다."

그리고 복수자는 자신의 보구를 발동시켰다.
'열두 가지 영광—킹스 오더'도 '사살백두—나인 라이브스'도 아닌.
복수자 클래스로 왜곡됨으로 인해 발동이 가능해진, 숨겨진 제3의 보구를.

"—'천상에 부는 바람을 찬탈하는 자—리인카네이션 판도라'—"

이 순간—운명이, 희망과 절망이 송두리째 뒤바뀌었다.

하늘을 날던 악마의 무리가 순식간에 무력한 사람의 집단으로 변모하더니, 비행능력을 잃은 수많은 잭들이 땅바닥으로 추락했다.
"네…놈…. 설마…."
알케이데스의 어깨에 발톱을 박아 넣었던 잭도 평범한 경찰의 모습으로 돌아갔다.

눈을 휘둥그렇게 뜬 잭의 눈에 비친 것은ㅡ

천 사이에서 조금 전까지의 자신처럼 뿔이 튀어나오고, 검은 연기 같은 날개가 등에 돋아난. 그리고 무엇보다도 조금 전의 몇 배에 이르는 농밀한 마력을 몸에 두른 알케이데스의 모습이었다.

×   ×

상황을 지켜보던 제스터 카르투레의 얼굴에서 미소가 싹 사라졌다.

그리고 영웅왕과 엘키두의 결투를 볼 때조차도 보이지 않았던 짙은 경계의 빛으로 얼굴을 물들이며 중얼거렸다.

"타인의 보구를… 강탈하는 보구라고…?"

×   ×

절망이 대로를 지배하고 있었다.

교회에서 바깥을 살피고 있는 한자의 눈에 비친 것은, 조금 전과 모든 것이 뒤바뀐 광경이었다.

평범한 인간으로 돌아간 잭의 앞에 선 것은 신의 힘을 버린 것도 모자라 지금은 사람조차 아니게 된 한 사람의 마인이었다.

아니, 잭의 말을 빌리자면 그것은 **인간이 만들어 낸 것**이 분명했다.

그는 그저 인간의 왜곡된 절망을 자신의 몸에 흡수했을 뿐, 모습이 바뀌었다 해도 그는 누가 뭐래도 '인간'일 것이다.

한자는 그런 생각을 하며 어느 사이 손에 들고 있던 캔커피를 가볍게 홀짝였다.

창문에서는 병원의 저수조 부근이 사각인 탓에 그는 아직 자신이 쫓고 있는 흡혈종이 병원에 있다는 사실을 알지 못했다.

그래도 몸을 최대한 경계심으로 무장한 채 눈을 가늘게 뜨고서 중얼거렸다.

"과연. 이것이 성배전쟁. 영령들끼리의 싸움이라 이건가."

"코토미네 님이 돌아가실 만도 하군. 나도 이래저래 각오해 두는 게 좋을지도 모르겠는걸."

×   ×

"빼앗은 거냐…. 나의… 힘을…."

버서커의 가느다란 목소리가 길바닥 위에서 허무하게 울려 퍼졌다.

지옥은 어느새 자취를 감추었고, 그를 이루었던 모든 기운들은 알케이데스의 주변을 둘러싸고 있었다.

알케이데스는 힘이 바닥나 땅바닥에 엎어진 버서커를 내려다보며 답했다.

"…원망하려거든 원망해라. 찬탈자라 비난당하는 일에는 익숙하니."

"하하…. 그럴 수야 있나. 영웅이 행하는 찬탈은 전설이라 부르지 않나."

"…통렬한 비아냥거림이로군. 하지만 영웅 같은 것은 없다. 이곳에 있는 것은, 곧 어린 자를 교살할 역겨운 쓰레기에 지나지 않다."

힘차게 단언한 후, 알케이데스는 옆에 떨어져 있던 멀쩡한 활을 주워 들었다.

그리고 활을 당기며 아쉽다는 투로 말을 자아냈다.

"잘 가거라, 위대한 살인귀여. 좋은 승부였다. 인간을 상대로, 이렇게까지 힘을 쓰게 될 줄은 몰랐다."

"인간이라 불러 주는 겐가. 그러한 모습을 하고 있던 나를."

"형상은 사소한 문제다. 나는 네놈의 이름조차 모른다만, 방금 전 싸움만은 마음에 새겨 두겠노라 약속하지."

"……."

잭은 조용히 쓰러지며 자신의 마지막 순간이 오기를 기다렸다.

—얄궂기도 하군. 설마 적과 아군, 양쪽에게 **지금의 나**를 긍정하는 말을 들을 줄이야.

—아아, 그러고 보니. 처음에 나를 긍정해 준 것은 마스터였지.

—의문의 존재인 게 멋지다니, 그 마스터도 참….

쓴웃음을 지으며 눈을 감으려 하는 잭에게 알케이데스가 쏜 화살이 날아가더니—

그 심장에 화살촉이 닿은 순간, **그의 모습은 흔적도 없이 사라졌다.**

"…그렇군. 이 시점에서 영주를 몽땅 소모할 어리석은 자는, 나의 마스터뿐이었지."

영주를 통한 강제전이強制轉移.

알케이데스는 아슬아슬하게 자신의 서번트를 구해 낸 마스터의 판단에 감탄하며 천천히 주변을 둘러보았다.

남은 것은 각각 보구 같은 무기를 든 경찰들뿐이다.

그들은 처음에는 멍하니 있었지만 이윽고 자신들의 본분이 무엇인지 기억해 낸 것인지 한 사람, 또 한 사람 무기를 겨누며 알케이데스에게 슬금슬금 다가왔다.

"…흠. 보구라. 어째서 이렇게 많은 것인지는 모르겠지만, 그 가치, 확인토록 하지."

알케이데스의 온몸에서 날카로운 적의가 솟구쳐 올랐다.

조금 전까지 알케이데스는 경찰 부대를 하잘것없는 존재로 여겼으나 방금 전 전투를 겪고 난 지금은 '고작 인간'이라며 얕잡아 볼 생각도, 내버려 둘 생각도 없었다.

보구를 지녔을 뿐 인간에 불과한 경찰들이, 이렇게 자신과 맞서려 하고 있다니.

두렵지 않을 리가 없다. 하지만 그들은 그것을 극복하고 자신이라는 죽음의 앞을 막아서려 하고 있지 않은가.

"배짱 좋군. 아르고호의 깃털들―칼라이스와 제테스보다 훨씬 나은 눈을 하고 있어."

어쩐 일로 기쁜 듯한 미소를 지으며 온 힘을 다해 없애고자 활을 당긴 그 순간―

그 분위기를 무로 돌려놓는 자가 까마득한 상공에서 내려왔다.

"크핫…. 크하하하하하하! 후하하하하하하하하하하하!"

날카로운 홍소가 대로에 울려 퍼졌다.

경찰 부대와 궁병이 하늘을 올려다보니 그곳에는 황금빛 궁병이 있었다.

황금빛 궁병 — 영웅왕은 뿔과 날개가 돋아난 알케이데스를 보고 만면의 미소를 짓고 있었다.

"이것 참…. 정말이지 참으로 남자다운 모습이 되었구나, 잡종이여! 아무리 잡종이라지만 그렇게까지 혼돈스러운 모습이 될 줄이야!"

그는 교회의 종루 위에 서서 도로 전체를 내려다보며 평소와 다름없는 목소리로 말했다.

"뭔가 진묘珍妙한 광경이 생겨난 듯해서 와 봤더니, 꽤나 재미있는 꼴이구나. 과연, 네놈에게는 그럭저럭 광대의 재능이 있을지도 모르겠다."

아무래도 크리스털 힐의 옥상에 있던 중에 소란이 일어났다는 것을 알아채고서 지상의 광경을 보러 강림한 듯했다. 경찰부대는 그가 크리스털 힐의 최상층에 있다는 사실은 알았지만 본래는 영웅왕뿐 아니라 쥐도 새도 모르게 일을 진행할 예정이었기에 완전히 허를 찔린 눈치였다.

"왔는가, 강한 왕이여."

알케이데스는 씨익 웃으며 상대의 도발은 개의치 않고 활을 겨누었다.

그리고 새로운 '열두 가지 영광―킹스 오더'를 발동시키고자 한 순간―

중앙지구에 위치한 대로에 새로운 난입자가 나타났다.

"이봐들~ 이게 어떻게 된 상황이야?"

느긋한 목소리가 교회 뒤편에서 들려오기에 그쪽으로 시선을 돌려 보니, 경찰 부대에게는 낯익은 얼굴이 있었다.

그들은 딱히 요란하게 등장하지 않고 **너무도 평범하게** 그 현장으로 다가왔다.

그중 한 명은 붉은 머리가 섞인 금발을 바람에 나부끼는 세이버였다.

알케이데스는 그를 경계하듯 움직임을 멈췄고 영웅왕은 그쪽을 흘끔 쳐다보았지만 딱히 관심이 동하지는 않는지 특별히 말을 걸지는 않았다.

그런 영령들이며 땅바닥에 생겨난 크레이터, 쓰러진 경찰들을 본 세이버가 옆에 있는 앳된 얼굴의 병사에게 말했다.

"뭔가 들었던 이야기랑 다른데? 은밀하게 실행하는 작전이라고 하지 않았어?"

물음을 받은 병사―시그마는 무표정하게, 담담한 투로 세이버에게 답했다.

"이동 중에 상황이 변했어. 그뿐이야."

"그래? 그렇다면 별수 없지."

그런 일상적인 대화를 나누는 영령과 병사의 등 뒤에는 후드를 쓴 여자 어새신이 아무렇지 않게 모습을 드러내고 있었다.

경찰 부대는 그것을 보고 놀라서 눈살을 구겼으나―병원 옥상에 있던 한 명은 다른 반응을 보였다.

×   ×

"…잠깐. 누구지, 저 녀석들은?"

어새신이 이 자리에 나타났다는 사실에 운명을 느끼고 기쁨의 함성을 내지르려던 순간―제스터는 그 옆에 바싹 붙은 두 남자를 발견했다.

그는 표정이 완전히 사라진 얼굴로 그 두 남자를 노려보았다.

"어째서, 나의 어새신 옆에 있는 것이야…?"

싸늘하게 식은 시선을 순수한 분노로 가득 채우며, 흡혈종은 조용히 말을 이었다.

"그리고… 어째서, **아름다운 어새신의 몸이 나의 마력으로 더럽혀지지 않은 것이지?**"

×　　　　×

"괜찮으세요, 잭 씨?! 지금 치료술식을 걸어 드릴게요…!"

교회 뒤에 위치한 광장. ―매우 당황한 플랫은 아랑곳 않고, 잭은 근처로 모여들고 있는 영웅들의 기척을 느끼며 크큭 하고 웃었다.

그 궁병뿐이 아니었다. 아직 보지 못한 영령들이 이 도시를 무대로 활보하며 각자의 전설을 걸고 쟁탈전을 벌이고 있었다.

자신 같은 도시전설이 거기 끼어 있다는 사실이 우습다는 생각을 하며 그는 자조하듯 중얼거렸다.

그 눈동자 속에 한 조각 희망의 빛을 남겨 둔 채.

"과연… 확실히 나는 지옥에서 왔지. 하지만, 이곳은 이곳대로 온화한 지옥이로군."

×　　　　×

그리고―그들보다 조금 늦은 타이밍에 또 한 명의 영령이 병원 앞 대로로 향하고 있었다.

그는 소환되고서 처음 밖으로 나왔음에도 불구하고 도로 한복판을 제 집처럼 활보했다.

"이거 원, 작가한테 육체노동을 시키면 어쩌자는 거냐고."

알렉상드르 뒤마는 그런 푸념을 늘어놓으며 착실하게 병원을 향해 다가갔다.

당연히 경찰서장은 그 사실을 몰랐다.

알았다면 분명 영주로 불러들였을 것이다.

하지만 부하들의 피해상황을 듣고 정신없이 바빠진 서장은 뒤마의 동향까지 파악할 겨를이 없었다.

그 사실을 알기에 그는 이렇게 직접 현장으로 향하고 있었다.

하지만 그는 전체를 멀찍이 떨어져서 볼 수 있는 거리에서 멈추더니 그 이상은 앞으로 가지 않았다.

대신 평소와 다름없이 대담한 미소를 지은 채―어느새 손안에 나타난 스크롤을 펼쳐 들었다.

"배우가 용기를 내 주었으니, 나도 조금은 흐름을 고쳐 주도록 할까."

그리고 멀찍이서 의수를 장착한 경찰―존을 보고 씨익 웃었다.

"놀라기만 하는 역할로 끝나게 둘 수는 없지. …너희 같은 녀석들이야말로 영웅이 되어야 한다고."

그는 혼잣말을 중얼거리며 조용히 스크롤에 '이야기'를 적기 시작했다.

그가 마음에 드는 배우들에게 보내는, 소소한 꽃다발 대신.

"…총사들이여, 풍차로 돌격하라―머스킷티어즈 매스커레이드."

그 이야기가 무엇을 의미하는지는 배우들도 모르는 채―남 모르게, 하지만 착실하게 희비극 무대의 다음 막이 열리려 하고 있었다.

Fate strange Fake

접속장
『어느 날, 하늘 위』

3일차. 아침.

[다음은 일기예보입니다. 라스베이거스 서부에 발생한 저기압에 관한 속보입니다만ㅡ]

TV에서는 평소와 같은 정보가 흘러나오고 있었다.

도시 사람들은 그런 향후 날씨에 관한 소식을 보고 일희일우하며 저마다 일을 하러 갔다.

스노필드는 아직 혼란 상태에 빠지지 않았다.

팔데우스는 그 결과에 대체적으로 만족하고 있었다.

어지간한 소란은 이쪽에서 무마시킬 수 있고, 상당히 규모가 큰 것이라도 프란체스카에게 부탁하면 어느 정도는 억제할 수 있다는 사실이 확인되었다.

"어젯밤에 병원에서 있었던 사건은 어떻게 처리해야 할까요…. 어새신 씨도 슬슬 가르바로소 암살에 착수했을 텐데…."

그런 생각을 하던 중, 팔데우스의 전용 비밀 회선으로 연락이 왔다.

이 스노필드 내부가 아닌, 그를 백업하고 있는 '진정한 흑막'인 워싱턴의 특수부서에서 온 것이다.

"…팔데우스입니다. 무슨 일이십니까, 장군님?"

[…뉴스는 보았나?]

자신이 장군이라 부른 중후한 남자의 목소리에 팔데우스는 현재 흘러나오고 있는 도시의 뉴스 쪽으로 시선을 돌렸다. 하지만 이렇다 할 중요한 뉴스가 보이지 않기에 도시 외부의 광역 방송 쪽을 체크했다.

　그 방송에서는 차기 대통령 선거의 유력 후보가 병사했다는 뉴스가 흘러나오고 있었다.

　"어라…. 당선이 확실하다고 여겨지고 있었는데 운도 없군요. 하지만 장군님의 섹션과는 직접적으로 관련이 없지 않습니까?"

　[…자네가 관여한 것은 아니겠지?]

　"……? 뭐가 말씀이십니까?"

　[그뿐만이 아니다. 어제 오후에만 재계의 거물이며 대형 언론사의 사회자, 대형 로비스트 단체의 리더에 이르기까지 **서른 다섯 명이 사고나 병으로 급사했다.** 그것도 모두 화이트하우스와 굵직한 파이프로 이어진 자들만 골라서.]

　"……."

　[검시 결과, 의심할 여지가 없는 사고사와 병사였다. 그렇기에 일부 인간들은 이 우연이 마술과 관련이 없을 리가 없다고 생각하고 있지. 시기가 시기인 만큼 자네들의 의식과 연관이 있을지도 모른다고 의심하는 것도 무리는 아니란 말이야.]

　장군은 의심은 해소되지 않았다는 투로 팔데우스에게 말하더니 한숨을 내뱉고서 사무적인 투로 말을 매듭지었다.

[대통령께는 아직 보고하지 않았다. 스노필드의 의식과 연관이 있다는 단서를 잡으면 바로 내게 연락하도록.]

훗날 '미국의 저주받은 날'이라는 제목으로 도시전설 책에 기록되는 그날에 관해 팔데우스는 생각했다.

그리고 독자적으로 인터넷을 뒤져 그 서른다섯 명이 죽은 시간과 장소를 지도 위에서 연결시켜 보니 — 가르바로소 스크라디오의 본거지를 중심으로 그곳에 가까운 장소부터 순서대로 멀어지고 있음이 판명되었다.

마치 스크라디오의 본거지에서 출발한 사신이 걸어 다니며 발견한 순서대로 타깃을 죽이고 돌아다니고 있는 것처럼.

팔데우스는 이를 보고도 '핫산 사바흐는 무관하다'고 단언할 수 있을 정도로 겁이 없지는 않았으며 못 본 척할 수 있을 정도로 뻔뻔하지도 않았다.

타깃으로 지목했던 가르바로소의 생사는 아직 알지 못했다. 죽었다 해도 얼마간 스크라디오의 마술사들이 은폐할 것이 뻔했다.

"핫산 씨…. 당신은 대체… 어디서 뭘 하고 있는 겁니까…?"

팔데우스는 그제야 겨우 알아챘다.

이미 이 '의식'은 스노필드뿐 아니라 — 미국 전역으로 그 저주를 퍼뜨리기 시작했다는 사실을.

그리고 아마도 프란체스카는 처음부터 그렇게 되기를 바라고 있었으리라는 사실도.

놀란 팔데우스에게 추가타라도 가하듯, 뉴스 속 아나운서들이 다급하게 말하기 시작했다.

[일기예보의 속보입니다. 라스베이거스 서부에 발생한 저기압은 현재 빠른 속도로 세력을 불려 초대형 태풍으로 변화한 것으로 관측되었습니다.]

"……?"

TV에 비친 위성사진에는 직경이 800킬로미터를 넘는 초대형 태풍이 자리하고 있었다.

[이러한 움직임은 유례를 찾아볼 수가 없으며―]

　[데스밸리 국립공원에서는 모래 폭풍이….]

　　　[태풍은 스노필드를 향해 일직선으로 다가갈 것으로 예상….]

　[…정말로 일직선으로 다가가고 있군요…. 이럴 수도 있는 겁니까?]

　　[마치 태풍이 의지를 가지고 있는 것 같군요.]

　　　[농담할 상황이 아니라고요.]

혼란스러운 정보의 소용돌이가 흘러나오고 있었다.

팔데우스는 직감적으로 그 전말을 알아채고는 반쯤 체념한 듯한 얼굴로 천장을 올려다본 채 중얼거렸다.

"이건… 누구지? 어느 진영이 한 짓이지?"

"대체… 무엇을 이 도시 ─ 제단에 불러들일 셈이지…?"

×　　　　×

스노필드. 상공 20킬로미터.

"자아, 빨리 오렴."

프렐라티의 공방인 초거대 비행선.

필리아는 그 기구 부분의 위에 서서 까마득히 먼 남서쪽 하늘을 바라보고 있었다.

둥그스름한 지평선 끝에 보이는, 지구 규모로 보아도 충분히 거대한 구름덩어리를 보며 필리아는 만족스럽다는 듯이 연신 고개를 끄덕였다.

"응응. 어디로도 연결되어 있지 않을 듯한 '가지'에서 끌어당겨 왔는데. 뭐, 잠깐이라면 없어도 곤란할 사람 없겠지? 그 시대의 '나'라면 아슬아슬하게 권능도 쓸 수 있을 테니까."

그리고 사랑스러운 애완동물을 보는 듯한 눈으로 까마득히 보이는 수백 킬로미터 끝에 자리한 구름덩어리를 향해 손을 뻗은 채로 상대에게 직접 이야기하듯 말했다.

"네가 도착할 때까지는 손대지 않을 테니 안심해. 다 같이 복수해야지."

그 얼굴은 웃고 있었지만 인간다운 면모가 완전히 결여되어 있어, 어떤 의미에서는 버즈디롯과 상반되는 무시무시한 분위기로 가득했다.

그녀는 그 미소에 사악하다고 표현할 수밖에 없는 살의를 드리우며 아래를 보았다.

"…저 예의 없고 배은망덕한 두 사람한테."

×   ×

프란체스카의 공방.

"비행선 위에 있는 사람, 아까부터 무지 무서운데~"

"신경 안 써도 돼. 저 여자가 노려보고 있는 건 우리가 아니라 지상에 있는 저 두 사람이니까."

프렐라티의 말에 위안을 얻으면서도 프란체스카는 뿌우, 하고 뺨을 부풀리며 말을 받았다.

"치이~ 엉뚱한 데 화풀이하지 말고 빨랑 딴 데로 가 주면 어디 덧나나…."

"망가진 여신님의 데이터 같은 걸 상대해 봐야 하나도 재미없는데!"

×　　　×

필리아의 몸에 빙의한 '그것'은 바로 아래에서 그런 불평을 늘어놓고 있는 줄도 모르고, 마치 자기 자신을 달래는 듯한 목소리로 한참 서쪽에 있는 태풍에게 말했다.

"여기까지 오면, 바로 원래 모습으로 되돌려 줄게…."

"기대하라고, 하늘의 황소―구갈안나!"

4권 끝

CLASS
버서커

마스터	플랫 에스카르도스
진명	잭 더 리퍼
성별	변신한 대상에 따라 변동
신장·체중	변신한 대상에 따라 변동
속성	중립·악(惡)

근력	보구 이외의 수치는 변신 대상에 따라 조율됨	-	마력	보구 이외의 수치는 변신 대상에 따라 조율됨	-
내구	보구 이외의 수치는 변신 대상에 따라 조율됨	-	행운	보구 이외의 수치는 변신 대상에 따라 조율됨	-
민첩	보구 이외의 수치는 변신 대상에 따라 조율됨	-	보구		B

보유 스킬

천모(天貌) : A

살인마 잭의 정체로 추측되었던 직종의 인간, 물질 등으로 자신을 변화시킬 수 있으며
그 대상이 지닌 스킬을 E랭크까지 약체화한 상태로 행사 가능.

안개 낀 밤의 산책자 : B

다른 클래스로 현현했을 경우 부여되는 '안개 낀 밤의 살인'이 변화한 것.
야간에 한해 같은 랭크의 기척차단 효과를 얻는다.

클래스별 능력

광화(狂化) : —   기본속성이 광기인 탓에 반전이 일어나 봉인되었다
하지만 그 봉인은 매우 위태롭다.

보구

악무는 런던의 새벽과 함께 스러지리로다—프롬 헬

랭크 : A+~E-   분류 : 대인보구   사정거리 : 1~20   최대대상수 : —
'살인마 잭은 악마였다'는 설에 근거하여 그 모습을 환상종 악마의 모습으로 변신시킨다. 주위 사람들
닌 잠재적인 공포와 불안감을 기반으로 하기에 반경 5킬로미터 이내 인구밀도에 따라 위력이 결정되
무도 없는 황야에서는 대형 맹수 정도의 위력밖에 내지 못한다. 도시에서는 무투과 서번트 정도의 힘
휘한다.
사람이 자신의 천적으로 상상한 악마의 형태를 취하기에 인간을 상대로 할 때는 특수공격 대미지가 부가

그것은 참극의 종언이 아닐지니—내추럴 본 킬러즈

랭크 : B   분류 : 대군보구   사정거리 : —   최대대상수 : —
'살인마 잭은 집단이었다'는 설에 근거한 보구. 마스터의 마력량에 따라 다수의 분신을 만들 수가 있
신은 모두 다 본체이기는 하나 마지막으로 남은 하나가 자동적으로 본체가 된다. 최대 숫자는 마스터
력량에 의해 좌우되며 강력한 존재로 변신하면 그만큼 분신의 수는 감소한다.

CLASS

진(眞) 캐스터

마스터 　프란체스카 프렐라티

진명 　　프랑수아 프렐라티

성별 　　불명(불러낸 영기는 남자)

신장·체중 152cm 38kg

속성 　　혼돈·악(惡)

력	E	마력	A
구	D	행운	B
첩	C	보구	A

보유 스킬

환술 : A

술 중에서도 특히 환술에 능했음을 나타내는 스킬. 이 레벨에서는 사람은 물론이고 환경을 속이는 것도 가능.

정령의 제자 : B

어느 호수의 정령들에게 마술을 지도받았다는 증거. 마술 효율이 대폭 상승.

신성 : E-

어느 신의 피가 섞여 있지만 추방된 신인 탓에 랭크는 낮음.
베엘제붑과 연관된 전승과 조합되어 간신히 E랭크로 발현됨.

래스별 능력　　진지작성 : B　　도구작성 : B

보구

나인성은 존재하지 않으며, 따라서 세상의 광기에는 끝이 없도다―그랜드 일루전

크 : A 　　분류 : 대군보구 　　사정거리 : 1~80 　　최대대상수 : ―

우에게 베엘제붑의 모습을 보여 주었거나 그(그녀) 자신이 베엘제붑의 화신이라는 전설이 프렐라티
본래 지닌 환술, 그리고 혈통과 맞물려 승화된 보구. 환경조차도 초월해 세계의 텍스처 그 자체를
이는 대마술로, 상대를 고유결계 속에 가뒀다고 착각하게 하는 것도 가능. 단, 환술은 환술인지라
유결계 정도의 힘은 없다.

나인성 교본―프렐라티즈 스펠북(※사용불가)

크 : EX 　　분류 : 대러보구 　　사정거리 : 1~99 　　최대대상수 : 1000명

렐라티가 직접 조합한 약으로 이성을 날려 버린 채 마술을 행사한 결과, 천문학적인 확률로 '이어져
는 안 되는 장소'와 이어진 탓에 마술예장이었던 백지 경전에 그 이치를 이탈리아어로 기록하여 '통
자체'를 봉인했다. 따라서 두 번 다시 재현은 할 수 없으며 유일하게 통로를 열 수 있는 그 마도서
맹우인 기사에게 양도되었다. 그에게서 영혼 수준에서 책을 반납받지 않는 한 이 보구는 영원히 사
수 없지만, 과연 재회할 날이 오기는 할지.

(본편의 스포일러가 잔뜩 들어 있으니 다 읽은 후에 읽으시기를 권장합니다)

나 : "다섯 권으로 끝내겠다고 했는데, 그건 거짓말이지롱."

나스 씨 : "알았는데."

산다 씨 : "아니, 3권만 봐도 알 수 있지 않아?"

그런고로 죄송합니다…. 메인인 세 개의 진영뿐 아니라 모든 진영의 에피소드를 상세하게 다루고 싶어진 결과, 그리고 Fate/GO의 7장과 종장을 플레이한 결과, 본론이 상당히 길어지게 되고 말았습니다…. 애초에 이번 권도 본래 4권에서 다룰 예정이었던 부분의 절반까지 온 참에 '어라? 한 권 분량이 채워져 버렸는데?' 싶은 수준에 이르러, 지난 권 마지막 부분의 예고 장면이 종반에 와 버리는 추태를 보이고 말았습니다. 저의 지나친 낙관과 '잭이랑 할리 진영도 대충 퇴장시킬 게 아니라 아야카 일행만큼 상세히 적고 싶어….'라는 욕망에 패배한 저의 약한 마음이 원인입니다. 따라서 '5권으로 끝난대서 샀는데!'라고 생각하신 분들께는 죄송합니다만 몇 권만 더 어울려 주시면 감사하겠습니다…!

자아, 끝까지 읽어 주신 분들은 '어째서 FGO 7장 클리어 후까지 집필을 늦췄는지' 아시리라 생각합니다. 네…. 플롯 시점부터 이미 있었던 '그녀'에 관해 어느 날 나스 씨에게서 '참참, 그 애, FGO에서 ◎◎◎◎◎이랑 융합해서 나오니까 잘 해 봐.'라는 말을 들은 지 상당한 시간이 지났습니다만 실제로 움직이는 '그녀'를 본 저는 생각했습니다.

"OH…. '인간의 마음을 모르는 지독한 존재'라기에 엄청 좀스럽고 히스테릭한 계열로 쓰려고 했는데 ◎◎◎◎◎과 융합했다지만 이렇게 좋은 캐릭터가 된 존재를. 어떻게 금방 죽는 역할로 둔다는 말인가! 아니, 그럴 수야 없지!" 대략 이런 생각으로 캐릭터 수정 작업에 착수했고 그 결과, 플롯도 대폭 늘었습니다. 후후후. 하지만 그 좋은 캐릭터성에 반해서 기껏 게임 속에서도 강하게 키웠는데, 제가 기합을 다시 넣지 않을 수 있겠습니까.

나스 씨 : "아무와도 융합하지 않은 그녀의 본래 성격? 토오사카 린과 루비아젤리타를 합쳐서 2분의 1로 나눈 다음에 인간성을 대폭 깎아 낸 정도? 어때요, 참 쉽죠?"
나 : "퍽이나·쉽겠네에."

이렇듯 Fate 시리즈는 신작 애니메이션이나 FGO에 엑스텔라 등, 신작이 팍팍 나오고 있어서 저 같은 스핀오프 작가에게는 강력한 활력소가 되고 있습니다.

애니메이션판 UBW나 FGO, 엑스텔라 같은 게임에서 즐겁기도 슬프기도 한 스토리를 즐김과 동시에 게임 등에는 관여하지 않았지만 스핀오프 작가라는 입장에 있는 저와 산다 씨는 "이번에는 시나리오에서 ●● 씨가 새로운 설정을 투입했어! 심지어 재미있으니 트집을 잡을 수가 없네!" 하고 하악하악 거친 숨을 몰아쉬며 긴장할 따름입니다.

산다 씨 : "SN—스테이 나이트에 나오는 캐스터의 마스터는 중간키, 중간 체격의 아저씨였잖아! 이쪽 아트럼은 석유왕이고, 젠장!"

나 : "젠자앙~! 설정 가져와, 설정! 이렇게 된 이상 제대로 난장판으로 만들어 주겠어!"

산다 씨 : "찾았어, 나리타! 아마 나스 씨도 잊었겠지만 꼬불쳐 둔 설정을!"

나 : "오오, 잘 했어!"

그러한 분위기로 왁왁 떠들어 대며, 어떤 때는 〈히무로의 천지〉의 마신 씨와 흉계를 꾸미기도 하며 작업을 진행하는 나날입니다. 설정을 맞추기는 힘들지만 실로 보람이 있는 작업입니다.

저명한 근대 마술사에 관해 말씀드리자면 비밀의 은폐 관계로 타입문의 세계에서는 마술사가 아니게 되는 일도 있으니 뒤마의 대사에는 현혹되지 마시기를…. 생제르맹? 하하하(얼버무리기).

참고로 이번에 '왈라키아의 밤'이라는 단어가 나왔습니다만 다른 타입문 작품을 즐기고 계신 분들 중에는 "어라?" 싶은 분도 계실지 모릅니다. 어쩌면 지난 권까지 쓰였던 '27조祖'라는 단어를 보고 이미 고개를 갸우뚱하고 계셨을지도 모르겠군요.

이 Fake라는 작품이 'SN세계와 결과는 같지만 완전히 다른 세계'인 부분 중 하나가 그 부분이기도 하니 향후 Fate 세계의 전개에 주목해 주셨으면 합니다.

위僞 캐스터의 에피소드와 그 밖의 캐릭터들에 관해서는 기본적으로 전기와 고찰을 다룬 책에 적힌 에피소드를 참고했습니다만, 그러한 수많은 자료와 본문 중의 상이점이 있을 경우에는 제가 이야기를 덧붙인 것으로 판단하고 웃어넘겨 주시면 감사하겠습니다…!

다음은 감사 인사 관련입니다.

마감 관계로 이번에도 많은 민폐를 끼치고 만 담당 편집자 아난 씨. 그리고 편집부 여러분.

히가시데 유이치로 씨, 사쿠라이 히카루 씨, 우로부치 겐 씨,

마신 에이치로 씨, 미나세 하즈키 씨, 호시조라 메테오 씨를 비롯한 Fate 관계자 여러분과 일부 서번트의 설정 고증을 도와주고 계신 팀 배럴 롤.

그리고 마술과 엘멜로이 2세의 대사 등을 검수해 주고 계시는 데다 근사한 띠지 추천사를 적어 주신 산다 마코토 씨, 감사합니다!

과밀한 스케줄 속에서 근사한 일러스트를 그려 주신 모리이 시즈키 씨.

그리고 무엇보다도 Fate라는 작품을 만들어 내고 감수를 해 주고 계신 나스 키노코 씨 & TYPE-MOON 여러분, 근사한 연출과 스토리로 상상을 북돋워 주신 Fate/GO 스태프 여러분—그리고 이 책을 구입해 여기까지 읽어 주신 독자 여러분.

정말로 감사합니다!

2017년 3월 '이 수라장이 끝나면 〈호라이즌 제로 던〉이나 〈젤다〉 할 테다….'

나리타 료고

Fate strange Fake

Fate/strange Fake 4

2017년 12월 7일 초판 발행

저자	나리타 료고
일러스트	모리이 시즈키
원작	TYPE-MOON
옮긴이	정대식

발행인	정동훈
편집 전무	여영아
편집 팀장	김태헌
편집	노혜림

발행처	(주)학산문화사
등록	1995년 7월 1일
등록번호	제3-632호
주소	서울특별시 동작구 상도로 282 학산빌딩
편집부	02-828-8838
영업부	02-828-8986

ISBN 979-11-256-7609-6 04830
ISBN 979-11-256-5603-6 (세트)

값 9,000원

※이 책에는 수량 한정 부록이 들어 있지 않습니다.

* Premium extreme novel은 (주)학산문화사에서 발행하는
extreme novel의 프리미엄 브랜드입니다.